萬葉集に歴史を読む

森 浩一

筑摩書房

目次

第九章　頭と足を休める篇

萬葉集に歴史を読む

はじめに

ぼくは文学者ではないし、文学史の研究者でもない。とはいえ少年のころから『萬葉集』には惹かれるものがあって読み続けている。

大学生のころぼくはたんなる考古学にはあきたらず、研究者の努力目標として古代学を創ることを心がけた。遺跡や遺物を主な研究材料（資料）とする考古学と、『古事記』や『日本書紀』あるいは中国人が書いた歴史書の『三国志』など、いわゆる史料とを総合できたときに古代学に近づけると夢みたのである。因みに『三国志』のなかの「魏書」東夷伝の最後が北部の九州島を描いた倭人条、いわゆる倭人伝であることは言うまでもない。

中年のころのぼくは『萬葉集』を文学書だと思いこんでいた。だが自分なりに古代学の練磨が進むにつれ、『萬葉集』を古代学の貴重な史料として位置づけられると確信するようになってきた。

その契機となったことがある。悲劇の皇子として知られている有間皇子《ありまのみこ》の事件とその墓と推定される紀伊の岩内古墳（正確には岩内一号墳）がそれである。

和歌山県の御坊市に巽三郎（故人）という在野の考古学研究者がおられた。開業医のかたわら県内の考古学調査に励んでおられた。

ぼくは一九五六年の五月二十六日と八月二十五日の二回、巽さんのお宅に泊りこみで採集されていた遺物を調べさせてもらった。このとき岩内一号墳出土の遺物が古墳時代でもその終末期のものとして印象にのこった。

とはいえその当時の日本の古墳研究では、終末期にはあまり注意はそそがれておらず、ぼくも岩内一号墳の被葬者については何も思い当らなかった。

その後、奈良県の新沢《にいざわ》千塚古墳群や和歌山市の岩橋《いわせ》千塚古墳群などの調査を担当するなどして、後期より後の終末期古墳への認識が深まってきた。

そうなると岩内一号墳が急に気になりだし、それにともない『萬葉集』の巻第一にある有間皇子の死を覚悟したときの心情を吐露したとみられる二首の歌を改めて読み直してみた。

二首の歌の題詞には「自ら傷《いた》みて松が枝を結ぶ歌二首」とある。自ら傷むとは急変した自分の運命をなげいたのである。

磐代《いわしろ》の　浜松が枝を　引き結び　真幸《まさき》くあらば　また還り見む（一四一）

家にあれば　笥《け》に盛る飯《いい》を　草枕　旅にしあらば　椎《しい》の葉に盛る（一四二）

この歌に対応して、『日本書紀』には有間皇子が謀反の疑いをかけられ、斉明天皇と中大兄皇子（のちの天智天皇）が滞在していた紀の温湯《ゆ》へ護送され、中大兄によって尋問されたことなどが詳しく述べられている。

磐代とは紀の温湯（白浜温泉近くの湯崎温泉）へ向う手前の地名で、ここで護送中の有間皇子が最後の休息をし最後の食事をとり、辞世の歌を詠んだのであろう。

尋問の終った有間皇子は都の飛鳥へ護送されはじめて間もなく、中大兄皇子の命をうけたとみられる丹比小沢連国襲《たじひのおざわのむらじくにそ》によって、今日の海南市の藤白坂で絞殺されてしまった。これによって中大兄にとっての有力な皇位継承のライバルが抹殺された。藤白坂では有間皇子の股肱《ここう》の臣だった南紀の豪族の塩屋連鯯魚《しおやのむらじこのしろ》らが斬られた。

塩屋連は日高川河口左岸一帯に勢力をひろげた豪族である。岩内古墳群は日高川河口から約二キロ遡った左岸にあって、その勢力内だったとみてよかろう。塩屋連は南紀の水軍をも掌握していたとみてよいし、名前のコノシロはコハダともツナシともよばれる海魚で、いかにも海の豪族にふさわしい名である。

有間皇子の事件後百年ほどたっても、有間皇子は人びとから同情されつづけたとみられる。長忌寸意吉麻呂《ながのいみきおきまろ》や山上憶良《やまのうえのおくら》らも磐代の松を歌に詠んでいる（一四三から一四五）。これらの歌も挽歌に類すと左註で述べている。

余談になるが紀の温湯に滞在中の斉明天皇は三首の歌を作って『日本書紀』にのせている。天皇は詔して「この歌を伝えて、世に忘らしむること勿《なか》れ」と言ったという。有間皇子の辞世の歌も人びとに語りつがれ、悲しい事件も忘れられなかったのであろう。

ぼくが岩内一号墳の遺物を見てから二十二年たった。このころはぼくの終末期古墳への理解がかなり進んでいて、一九七八年の五月十六日に岩内古墳群を訪れ、終末期古墳であることを確認した。巨石の横穴式石室をもつ一号墳（方墳か）が飛びぬけて立派で、ほかに後期の小型の古墳が七基ある。さらに九月二十日には磐代と塩屋付近を踏査した。

このようにして岩内一号墳を最初に見てから二十数年のちの一九八二年に、岩内一号墳を有間皇子の墓で塩屋氏が皇族にふさわしい墓を造ったとする仮説を発表した（『古墳の旅』「紀州路の岩内古墳」の項、芸艸堂）。さらに一九八四年には『万葉集の考古学』（筑摩書房）の「磐代と有間皇子」でも私説を書いた。

これによって『萬葉集』を史料だと確信しだしたのである。本当は本書の本文で書けばよいのだが、どうしても大津皇子《おおつのみこ》や高市皇子《たけちのみこ》と同じように扱う気にはならなかった。悲劇の人とはいえ大津皇子は壬申《じんしん》の乱で華々しい活躍をしている。有間皇子はそういう機会もなく十代後半で皇位継承争いの犠牲となって生涯を終った。

ぼくが岩内一号墳を有間皇子の墓だとする説を発表してから約三十年がたった。本書の執筆をほぼ終ったころ、紀州の岩内出身で現在は東京に住んでいる山田（東）睦子さんから手紙をもらった。山田さんは女性で岩内古墳のことを読んでの感想だった。

最初はよくある読者からの手紙とおもっていた。ところが文通を重ねるうちに岩内古墳の保存と顕彰に並々ならぬ熱意をもっておられることを知り、先日「志篤き人、世に少なし」の墨書をお送りした。

このように本書の本文には、有間皇子や岩内古墳は書かなかったが、この本の題を『萬葉集に歴史を読む』にできたのは、有間皇子と岩内古墳がぼくにそうさせたという思いが強くする。はしがきとしては型破りの一文になったけれども、これを書いて胸の閊《つか》えが下りたようである。

二〇一〇年十月二十三日

森　浩一

『萬葉集』とは

現存最古の歌集。二〇巻からなり短歌四二〇八首、長歌二六四首など計四五三六首の歌を収める。古くは五世紀前半の仁徳天皇の皇后・磐之《いわの》媛《ひめ》の歌に始まり、奈良時代末に死んだ大伴家持の四七四首の歌まで、約四百年間の歌を集めている。大伴家持は『萬葉集』の編纂に深くかかわっていたとみられる。歌を記録するのに漢字を使っているが、漢文だけではなく漢字本来の字義に関係なく仮名文字のようにも使っている。これが万葉仮名である。「弖《て》」のような国字も併用されている。このころにはすでに「ツ」は戸籍や墨書土器で使われているのに、『萬葉集』では万葉仮名の「都」と「津」を多用している。いずれにせよ古代の日本の文字文化の実態を知るうえで貴重である。

第一章　足馴《あしなら》しの章

一　この本の執筆の動機

『萬葉集』を読むといっても、由緒のある古写本で読む機会はまずなかろう。大部分の人は書店で商われている最近の刊行物で読むのだろう。ぼくもその例に漏れない。そこに一つの問題がある。『萬葉集』を読むといっても、校訂者がおこなった読み下し文で読んでいるのであって、原文の『萬葉集』ではないということである。

そのことを説明するためにぼくの体験から話そう。旧制中学生だった昭和一六年ごろに、上下二冊からなる岩波文庫本の『萬葉集』を求め濫読し始めた。この文庫本は歌人でもあり国文学者でもあった佐佐木信綱氏（故人）の編で、ぼくが入手したのは第一七刷だった。

中年になって同志社大学に勤めるようになってから、岩波書店刊行の「日本古典文学大系」本の四冊からなる『萬葉集』を購入してこの本で読むようになった。この本の監修者は高木市之助氏や久松潜一氏などの高名な万葉学者だった。

因みにぼくが入手した『萬葉集』の第一冊めは昭和五四年（一九七九）の印刷で第二五刷とある。だから昭和三二年に初版が刊行されてからほぼ毎年一回は増刷されていることになる。『萬葉集』の人気の高さと当時の読書人の層の厚さがしのばれる。

ぼくの専門領域は考古学である。とはいえ普通の考古学とは少し違っている。子供のころから時間をやりくりして弥生遺跡や古墳、それに寺院址などの遺跡を踏査したが、同じころからこれも岩波文庫本の『日本書紀』（上中下の三冊本）も読み始めた。このように考古学の資料だけの面白さを知ったのではなく、文献資料（史料）の重要性もわかりだしたのである。

だから昭和二〇年（一九四五）に日本が敗戦を迎え、学問研究の自由が謳歌されるようになるとともに、青年の考古学徒で研究会を組織することになった。その会の同人雑誌の名称を『古代学研究』とし、会の名も古代学研究会とした。昭和二四年のことで、ぼくは同志社大学の学生だった。

古代学という既成の学問があったわけではない。歴史学のあるべき姿は、文献史料と考古学資料（これも研究で濾過されると史料にたかまる）を総合できたときに生みだされるだろうという夢を託した言葉であり遠大な目標であった。

雑誌『古代学研究』は一〇〇号まではぼくが編集を担当し、一〇一号からは若手の学徒たちが委員となって会の運営をつづけ、現在も刊行がつづいている。

以上のようなぼくの研究の遍歴をたどると、これから書こうとしている『萬葉集に歴史を読む』さいの「歴史」とは、文学史がいう「歴史」でもなく、文献学者のいう古代の「歴史」でもない。古代学の姿勢をもって『萬葉集』に挑んでみようというのである。

以上に加えもう一つ基本方針がある。ぼくは和歌に詠みこまれている土地についての知識を重視している。逆にいうとどのような土地でそれぞれの和歌が生まれたのかを探ろうとするのである。

ぼくは考古学においても、たんなる遺物学ではなく遺跡のある土地の環境をも含め、遺跡学を重視してその実行を提案している。つまり遺物は遺跡、それも個々の遺構のなかで、どのような状況で埋まっていたのかという在り方の観察ができた場合に学問的な発言ができるのである。したがって『萬葉集に歴史を読む』さいにも、それぞれの和歌が作られた土地を訪れて観察することは必須の行為といってよかろう。

もちろん『萬葉集』の時代と今日では、地形や景観の変っていることは承知している。それでもそれぞれの土地には古代の面影がどこかにのこっているものである。

現代人は旅の途中で記念写真をとり、アルバムなどに貼り付ける。時間がたってもその写真を見ると、旅での一齣が脳裏によみがえる。それは自分だけの秘め事であることもあるだろう。

写真機が発明される以前には、折々に詠まれた和歌に印象を封じ込める役割があったとみてよい。スケッチなどを描いて印象を記録する人もあったが、和歌（のちには俳句）でのこす人のほうが遥かに多くいただろう。

このように考えると、『萬葉集』は八世紀とそれ以前の数世紀に生きた人びとがのこした記念写真集という一面もあるのである。

二　「田舎」と「畠」のこと――読み下し文の問題点の一

もう二十数年前のことになる。当時気鋭の民俗学者として注目されていた宮田登氏（故人）と交誼を深めた。以下はある会合で同席したときの話である。

会議の合間の休憩時間に宮田氏は近く「田舎論」を書きますといって校正刷を見せてくれた。

『萬葉集』に「田舎」がでているとおっしゃる。ぼくはそのころ『萬葉集』で使われている原文での地名や用語の本来の表記法に関心をもちはじめていた。ぼくの頭にインプットされている原文の表記には「田舎」があるようには思えない。

その歌は巻第三の三一二にある（以下は巻数は省き番号だけを書く）。題詞ともいわれる前詞によって、藤原宇合卿《うまかい》が難波堵（みやこ）の改造に従事したときの歌であることがわかる。堵は土塀のこと、ひいては囲郭する京の意味であろう。まず「日本古典文学大系」本の読み下しでみよう。

昔こそ　難波田舎と　言われけめ　今は京引《みやこび》き　都びにけり

確かに読み下し文では「田舎」はある。では原文を見よう。

昔者社　難波居中跡　所言奚米　今者京引　都備仁鶏里

社はコソ。ベルリンオリンピックのころ、村社《むらこそ》講平という陸上選手がいたが、コソは古代の発音である。イナカは居中とあるから当時の日本語を漢字の音で当てている。

大意は〝昔こそ難波はイナカといわれていたが、今は京が移ってきて都らしくなってきた〟であろう。

藤原宇合は漢詩の才にもすぐれ、貴重な土地の伝説を多く収録した『常陸国風土記』の撰述にも関与したとみられる学識豊かな貴族である。聖武天皇のときの神亀三年（七二六）十月に知造難波宮事に任じられていて、難波宮の再建に当った。天平四年（七三二）三月に知造難波宮事の従三位《じゆさんみ》藤原朝臣宇合以下、仕丁《しちよう》以上の者が物を賜っている（以上『続日本紀』、仕丁は徴発されて労役に従った百姓のこと）。この記事は宮の造営工事の完成を示すのであろう。

宇合は馬養と書くこともあって、『萬葉集』に六首の和歌をのこしている。文武三年（六九九）に文武天皇の難波宮行幸に従駕したときにも一首の和歌（七二）をのこした。宇合は七三七年に天然痘にかかって命を落とした。藤原氏式家の祖である。

田舎という表記が『萬葉集』のころにあったかどうかは今掲げた三一二の和歌からは分からない。ただしイナカという概念と言葉があったことは分かる。同じような例は「畠」でもいえる。次にそのことを説明しよう。

畠の字は本来の漢字にはなく、日本列島で白と田の漢字を組合わせて創った国字であり、ぼくは倭字といっている。畠の字が創られる前にも白田の語はあった。水のない田のこと、つまりハタケである。本来の中国での文字では耕作された土地をあらわすのは田一字であり、陸田や水田は使われた。

日本列島での倭人は生活をするうえで水田と陸田との違いを一つの文字でいいあらわすことを思いつき、白と田を組合わせて畠としたし、耕作地を作るさいに火の力を利用して雑木林を焼いて造成した田を畑の字（これも倭字、畠よりは後に創作された）を使うようになる。問題は『萬葉集』の時代に畠や畑の字が使われているかどうかの検討のいることである（因みに水田をあらわす畓は朝鮮での造字で、日本でも使われた例がある）。

ハタケをうたった和歌は大伴家持が越中守のとき任地でうたった長歌（四一二二）の一節にでている。この和歌の題詞には「天平感宝元年（七四九）閏五月六日以来《このかた》、小旱《しょうかん》起りて、百姓の田畝《でんぽ》稍《やや》く凋《しぼ》める色あり。六月朔日に至りて、忽に雨雲の気を見る。仍りて作る雲の歌一首。短歌一絶」とある。

天皇が支配する国での農作物の貴重さを述べた格調の高い長歌であり、読み下しではその一節に「雨降らず　日の重《かさな》れば　植えし田も　蒔《ま》きしハタケも　朝ごとに　凋《しぼ》み枯れ行く」とハタケが出ている。ハタケが種を蒔くのにたいし、田は植える（苗を植える。田植）とあるから稲を栽培する水田のこととみてよかろう。

この個所を原文で示すと「安米布良受　日能可左奈礼婆　宇恵之田毛　麻吉之波多気毛　安佐其登尓　之保美可礼由苦」とあって、田の漢字は使われているけれども、ハタケは「波多毛」と万葉仮名で表記している。

このように畠の倭字は『萬葉集』ではまだ使っていないし「畑」も使われていない。『日本書紀』の神話では保食神《うけもちのかみ》が死んだとき、その屍からさまざまの農作物が生まれた。

そのことの報告をうけた天照大神がいった言葉のなかに「粟・稗・麦・豆を以ては陸田の種子《たねのみ》とす。稲を以ては水田の種子とす」とあって、陸田と水田が対比されている。この場合の陸田はハタケとよませていたとみられるがまだ畠の字は生まれていなかった。

奈良時代から平安時代前期にかけて、各地の集落遺跡から墨書土器《ぼくしょ》といって墨で文字を書いた須恵器《すえき》や土師器《はじき》が出土する。とくに奈良時代の墨書土器は関東に多く、東北や中部がそれに次いで多い。

余談に及ぶが奈良時代の墨書土器の多い地域の百姓が、『萬葉集』に多くの和歌を寄せていることは意味がありそうである。巻第十四に「東歌《あずまうた》」として上総の国歌、下総の国歌、常陸の国歌、信濃の国歌、遠江の国歌、駿河の国歌、伊豆の国歌、相模の国歌、武蔵の国歌、上野の国歌、下野の国歌、陸奥の国歌をのこしている諸地域でもある。

後でものべるけれども関東とその近辺では麻や苧《からむし》の糸に縒《よ》りをかけるときに用いる道具である石製や土製の紡錘車《ぼうすいしゃ》（ヘソ石）の出土が多く、所有者を示す人名や仏教用語を刻んでいることも少なくない。

関東とその周辺ではハタケで麻や苧などの有用植物を盛んに栽培していたし、麻や苧の糸で織った布（手作布）を遠隔地に売りさばいていた。このような手段でひろがる布を商布といいそれを扱う商人が商旅《しょうりょ》とよばれ、奈良・平安時代の文献にしばしばあらわれている。

東国（相模だろう）出身の一人の商旅の貯えた富はものすごく、東大寺の建立にさいして二万段の商布を寄進した漆部伊波《ぬりべのいは》はその代表例である。布一段は約八メートル、二万段の膨大さが察せられるだろう。漆部伊波にはそののち相模宿禰《すくね》の名と姓が与えられ、相模国造に任じられた。商布の力のすごさが察せられる。

以上のように東国のハタケでは麻や苧の栽培が盛んだったから、当然のこととしてハタケを一字で表す字を必要とした。八世紀になると倭字として畠の字が現れたとみられ、八世紀後半の吉原三王遺跡（千葉県佐原市）での「吉原大畠」の墨書土器が出土している。ぼくの知る畠についての最古の墨書土器である。

先ほど例に掲げた大伴家持の長歌（四一二二）は越中で詠まれたのであった。その長歌の筆録に家持自身か近侍の者が当ったとすると、ハタケという言葉はひろまっていたものの、まだ一字で表せる字がなかったのであろう（なお東国の文化にも優れたものの多いことは『関東学をひらく』でかなり書いたので、それに譲ることにする）。

三 「大和」のこと——読み下し文の問題点の二

ぼくは古代の日本列島の長所といってもよい特異点に、地域文化の多様性と豊かさをあげることができるとみている。

ここでの地域というのは、出雲、尾張、筑前、丹波、信濃、上野など律令制下において国となった範囲もあるし、国よりも狭い五島列島、種子島、屋久島であったり、いくつかの国をあわせての越《こし》や吉備の場合などさまざまである。最近は地域ごとの歴史や生活の仕《し》来《きた》りなどを探ろうとする地域学が盛んで、ぼくも関東学や東海学などの模索に力をいれ、今は山城、丹後、丹波を地域史としてみることに力を注いでいる。

日本列島では地域が重視されていることは今に始まったわけではない。三世紀に中国人の目で主に北部九州を描いた『魏志』東夷伝倭人条、通称倭人伝でも、東夷伝の国々の描写とは違って、まず対馬国（島）を一まとめに記述し、次に一（壱）支（岐）国（島）を一まとめに記述し、次いで北部九州を末盧（松浦）、伊都、奴《な》、不弥の国ごとに記述したように、地域重視の方針がとられている。

このことは『魏志』倭人伝だけではなく、『古事記』や『日本書紀』（以下両書を記紀という）冒頭の国生み神話の個所でも、淡路、対馬、壱岐、佐渡、隠岐など、今日では島、ときには離島と意識されるような土地を地域の単位として物語が展開している。

ところが現代、とくに太平洋戦争の敗戦後には、考古学や歴史学では古代の日本列島を大和中心（至上）主義でとらえ、その他の土地の役割を軽視あるいは無視する風潮が根強い。これは考古学や歴史学だけではなく、文学史をはじめ多くの領域の研究者にもみられる。

このような風潮は年配の研究者に限ってではなく、近年は若い研究者もそのような殻にこもっているのをよく見かける。

厄介なことにこの風潮は研究者だけではなく、マスコミ界の報道の方針にも強くあらわれている。ときには研究者とマスコミ人が馴れあって、国民に過大な情報を与え、誤った知識をうえつけていることも間々みうける。これらの研究者はぼくからみると曲学阿世《きょくがくあせい》の徒であり、共に学問を語りあえる人ではない。

『萬葉集』に詠われた地名や地域名で一番よくでてくるのはヤマトであろう。岩波書店の「日本古典文学大系」を始め多くの本では大和と読み下している。

『萬葉集』の冒頭にでている大泊瀬稚武天皇《おおはつせわかたけるてんのう》（漢風諡号では雄略天皇、以下記述を簡略にするため天皇名は漢風諡号による）の一の歌にもヤマトはでている。

読み下し文では「籠《こ》もよ　み籠《こも》持ち　掘串《ふくし》もよ　み掘串《ぶくし》持ち　この岳《おか》に　菜摘《なつ》ます児《こ》家聞かな　告《の》らさね　そらみつ　大和の国は　おしなべて　われこそ居れ（以下略）」となる。

この原文ではヤマトは「山跡」が使われていて大和ではない。これは一の雄略天皇の歌だけではなく、『萬葉集』すべてにおいていえることである。二の歌は舒明《じょめい》天皇の作で、読み下しでは「大和には　群山《むらやま》あれど　とりよろう　天の香具山　登り立ち　国見をすれば（以下略）」とヤマトで始まっている。このヤマトを原文でみると「山常」になっている。

舒明天皇の二の歌の最後は「うまし国そ　蜻蛉島《あきづしま》　大和の国は」と再びヤマトがでているが、原文ではヤマトは「八間跡」となっていて、一つの歌のなかでもヤマトは「山常」と「八間跡」と異なった表記になっている。

以下も読み下しではヤマトをいとも簡単に「大和」にしてしまっているが、原文では二九が「倭」、三五も「倭」、四四は「日本」、五二も「日本」、六三も「日本」、六四は「倭」、七〇は「倭」、七一は「倭」（以上巻第一）である。つまり巻第一だけでヤマトには「山跡」、「山常」、「八間跡」、「倭」、「日本」の五種の異なった表記がある。この場合の「日本」はニホンではなく、日本（倭）武尊（倭建命）のヤマトである。

巻第二では一〇五の大伯皇女《おおくのひめみこ》の歌では「倭」、この一例だけである。巻第三では二五五の「大和島」は「倭嶋」、二八〇の「大和」は「倭」、三〇三の「大和島根」は「山跡嶋根」、三一九の「大和の国」は「山跡国」、三八九の「大和」は「日本」、四七五の「大日本」はそのまま「大日本」にし発音は「オホヤマト」とみている。

巻第四の四八四の題詞のなかの「大和」は「山跡」、五五一の「大和路」は「山跡道」、五七〇の「大和」は「山跡」とこの巻では山跡に統一されている。

もう少し検討をつづける。巻第五では七九四の長歌の題詞の「日本挽歌」の日本は日本国の意味であろう。同じように八一〇の題詞中の「日本琴」のヤマトは日本国か地域名としての日本《やまと》かは不明。八九四の「倭の国」とある「倭」の原文は「倭国」と「倭」が使われている。

巻第六の九五六の「倭」は「日本」、九六六の「倭道」の原文はそのままの「倭道」、九六七の「倭道」は「日本道」である。この歌は吉備の児島で詠われているからヤマトへ向う道の意味であろう。一〇四七の「倭の国」の原文は「日本国」とある。

あとは駈足で検討する。巻第七からはヤマトは少なく、「大和」の原文が「山跡」であることが相変わらず目立つ。三二三六では原文が「倭国」で、読み下しでも「倭の国」としているが、読み下した人が違うのであろうか。このような読み下しならばぼくも賛成できる。ところがすぐあとの三三四八では「日本の国」の原文は「山跡之土丹」で、原文の表記を恣意的に変えてしまっている。その歌の反歌の「日本の国」も「山跡乃土丹」である（土は領土、つまりクニのこと、丹は助詞としてのニであろう）。

その次の三三五〇の「日本の国」の原文は「倭之国」、三三五四の「日本の国」の原文は「倭国」、三二九五や三三三六の「大和」や「大和の国」の原文は「日本」や「日本国」である。

巻第十四の三三六三は東歌のなかの相模国の歌だが、そこでの「大和」は万葉仮名で「夜麻登」を使っている。

巻第十五の三六〇八の左註の「大和島」は「夜麻等思麻」、巻第十九の四二五四の「大和の国」は「山跡国」、四二六四の「大和の国」も「山跡乃国」とある。以上点検したように『萬葉集』の和歌そのものの原文には「大和」は一例もでておらず、「山常」、「山跡」、「倭」、「日本」、「八間跡」、「夜麻登」が使われていた。

大和という国名は聖武天皇の時代の直後、厳密にいえば位を皇女の阿部内親王にゆずった孝謙上皇の時代におこなわれたとみられる。橘《たちばなのなら》奈良麻呂《まろ》の変（天平宝字元年、七五七）のあとに、聖武天皇時代の「大養徳国」を、さらに争乱のない皆が大きく協力しあえる社会の実現を夢みて「大和国」としたようである。

橘奈良麻呂の変の四カ月あとの天平宝字元年十一月十八日に詠まれた（題詞による）藤原仲麻呂の和歌（四四八七）がある。

いざ子ども　たわわざな為《せ》そ　天地の　固めし国そ　大倭《やまと》島根は

「たわわざな為そ」は「たわけたしわざ」のこと、仲麻呂の政治方針に反抗した橘奈良麻呂らの計画をいったとみられる。この和歌の原文ではヤマトシマネは「夜麻登之麻祢」が使われていて、まだ「大和」は使われていない。岸俊男氏が次に述べる論文で指摘されたように『続日本紀』で大倭宿禰が大和宿禰となるのは天平宝字元年の十二月からである。岸俊男氏が『日本の古代』一巻の「倭人の登場」に書かれた「倭人伝以後の倭と倭人」のなかで、橘奈良麻呂の変を未然に鎮圧した藤原仲麻呂が「大倭国」を「大和国」に改めたと考えている。

藤原仲麻呂は聖武天皇の治世のころから政界で重きをなし、自分が擁立した淳仁《じゅんにん》天皇から恵美押勝《えみのおしかつ》の名を与えられて権勢の絶頂期にあったが、天平宝字八年に反乱をおこし、孝謙上皇側に敗れ近江で斬られ、淳仁天皇も廃されて孝謙上皇が重祚《ちょうそ》した。これが称徳天皇である。なお仲麻呂は先にあげた和歌を含め二首を『萬葉集』にのこしている。

わざわざそうする必要はないにもかかわらず、以上でみたように大和国という歴史的表記のまだない時代の奈良盆地を大和とか大和国といってしまっている。このことは考古学や古代史の世界では何の躊躇もなくおこなわれている。邪馬台国の大和説、大和朝廷や大和政権、大和の古墳、大和の弥生時代、大和時代等々、大和の表記がまだなかった時代に平然と大和を持ちこみ、さらに六世紀以前をいうための大和中心(至上)主義に一役かっている。以上のようなぼくの検討によると、『萬葉集』の読み下し文も大和濫造に力を貸していたことになる。

大和は　国のまほらま(まほろば)　畳づく　青垣　山籠れる　大和し麗し

この歌は『萬葉集』ではなく、代表的な記紀歌謡として今日でも多方面でよく使われている。この歌にしても『古事記』では作者が倭建命《やまとたけるのみこと》となっており、ヤマトは原文では「夜麻登」となっている。『日本書紀』での作者は景行天皇とされていて、原文ではヤマトは「夜摩苔」になっている。この歌のヤマトもいつの間にか大和に書きかえられていたのである。

ぼくの提案ではこのような歴史的地名をいうのには「山跡」、「山常」、「八間跡」のように原文の表記を使うとよいと考える。

また先に述べたように田舎を論じたい場合の『萬葉集』からの引用は「居中」、畠について云々したいときの引用は「波多毛」としておくのが学問的な良心であろう。

この項の最後に今は解決できない課題を一つ書く。それは四二七七の藤原永手朝臣の和歌（歌は省略）で、左註に「右一首、大和国守藤原永手朝臣」とあって和歌の本文ではないけれども『萬葉集』唯一の「大和国」の表記がある。

藤原永手は『続日本紀』によると天平勝宝四年（七五二）一一月に「大倭守」となっている。永手が七五六年に大倭守をしていたことは史料からわかるが、いつまで大倭守を務めたかは調べていない。いずれにしても先ほど述べた「大和国」の表記の成立の時点（七五七年）に近く、『萬葉集』のうちでも最後のころの歌とみられる。

四　大王か大君か——読み下し文の問題点の三

『萬葉集』の和歌の読み下しの問題点を「日本古典文学大系」本をもとに論じてきた。人によっては、この本は昭和三二年に初刷が刊行された本だから、当時は無頓着に「大和」への書き替えがおこなわれたと考えるかも知れない。

二〇〇八年にＮＨＫは衛星放送で一年間『日めくり万葉集』を放送し、改めて二〇〇九年の一年間に毎日、教育テレビで午前と午後の二回再放送した。午前の部は毎朝五時からの放送だったから、それを見るため早起きをした。この放送は毎月分を一冊にまとめて『日めくり万葉集』として合計一二冊が講談社から刊行された。

毎回の選者には文学史や古代史の学者よりも多領域の職業の人が選ばれ、和歌を選んだ視点にバラエティがあって面白かった。ぼくも三つの和歌を選んで紹介した。たしか二〇〇七年に三回分をまとめて収録した。

このテレビ番組や毎月の書物の監修には、文学史の学者の藤原茂樹氏と坂本信幸氏が当っていて、現時点での文学史の水準をうかがわせている。ぼくは期待してヤマトの個所を読んだ。

一月放送分の第一冊には、八九四の山上憶良の長歌が選ばれていた。原文では「倭国」とあるのが読み下しでは「大和の国」と直されていてぼくはがっかりした。舒明天皇の名高い歯切れのよい二の長歌も選ばれているが、原文の「山常」と「八間跡」がやはり「大和」に変えてあった。

二月放送分の第二冊でも、一一七五の和歌の原文での「日本」を「大和」に変えている。六四の志貴皇子《しきのみこ》の和歌の「倭」とする原文表記も「大和」にしてしまっている。五月放送分(冊子では五号)にぼくは雄略天皇の一を選んだが、原文の「山跡」は大和に変えられていた。以上三冊だけの指摘に留めるが、これでは半世紀間に文学史の学者の歴史的センスに進歩の跡がみえない。

これは『日めくり万葉集』だけではない。万葉学者として知られる中西進氏の編で『万葉集事典』が講談社文庫から刊行され、今も書店にでている。この本に「地名解説」の項があって、期待しながらヤマトの個所をみると「大和」がでている。同じ国名でも山城の項では「山背」と平安京以前の表記になっている。にもかかわらず「大和」を使ってしまっていることには、大和中心（至上）主義の浸透ぶりをうかがわせる。

以上の検討は古代史学者についてもおこなう必要がある。手元に最近刊行された直木孝次郎氏の『万葉集と歌人たち』がある。頁をめくると七〇頁に四四六六の大伴家持の歌が引用されていた。

磯城島の　大和の国に　明らけき　名に負う　等毛能乎　心努めよ

「伴の緒」の個所は傍線を引いて原文表記を示す配慮をしてあるのに、「夜末等能久尓」とある原文表記は読み下し文に従って「大和の国」にしている。

この一例の指摘に留めるけれども、古代史学者が以上の点でとくに地名の原文表記に配慮された様子はみられない。

ぼくが『萬葉集』の原文の表記の問題に気づいて「ヤマト」の個所に鉛筆で印をつけて

から約三〇年たっている。このことについて先人の研究があってもおかしくないとは思うが、管見による限り見当たらない。

ついでにもう一つ気になる言葉があるのでふれておこう。それは大王についてである。『萬葉集』で巻第三にある中皇命《なかつすめらみこと》(天智天皇の妹の間人皇后か)が内野(宇智野)で狩をしたとき、間人連老《はしひとのむらじおゆ》に作らせた長歌の書き出しは、原文では「八隅知之我大王乃朝庭」で始まっている。この個所が読み下し文では「やすみし　わが大君の　朝《あした》には」となって、原文の「大王」を大君にしてしまっている。

巻第一の五の長歌、三六の長歌、三八の長歌でも原文の「大王」は「大君」となっている。不思議なことに四五、五〇、五二の長歌だけは原文の「大王」のままを読み下し文にも使っている。校訂者が違ったのであろう。ところがそのあとはまた原文の「大王」を「大君」とすることが最後までつづく。

オオキミの原文は「大王」がもっとも多く、「大皇」、「王」、「皇」も使っている。万葉仮名で「於保伎美」、「於保吉美」、「憶保枳美」、「於保支見」、「意富伎美」などとしている例もかなり多く、当時の発音がよくわかる。陸奥国《むつのくに》で黄金が出たときに大伴家持の詠んだ長歌には、「大王」や「大皇」に混じって「大君」が一つだけ使われている。これは筆写のさいの誤記であろうか。

原文には天皇も少しある。五四三の読み下しでそれを大君にしている。だが三六八八の原文に「須売呂伎」が使われているから、原文の「天皇」や「皇」は「スメロキ」と読むべきであろう。原文に「大皇」はかなりあり「多公」もあるけれども、これは「スメロキ」とよませたとみるよりも「オオキミ」とみてよかろう。要するに読み下しに基本方針というか統一性がみられない。

結論として『萬葉集』の原文表記には「大君」は一例しかない。このことは『萬葉集』から歴史を読もうとするときに注意してかからねばならない基本の作業であろう。大君の表記にすると、ぼくは江戸時代の用語の「タイクン」が浮かんでしまい違和感がある。

奇妙なことがある。山川出版社が平成九年に刊行した『日本史広辞典』は便利な本でぼくも重宝している。ところが「おおきみ（大王）」の項を引くと、その項の文末に「万葉集には大君の表記も頻出する」とあるではないか。

ぼくも一、二の例を見落としたかもしれないが、〝頻出する〟とあるのはこの個所の執筆者が読み下し文で見た印象をいったとみられる。この種の辞典としてはお粗末なことである。

このように大和中心（至上）主義や原文表記の軽視は歴史学者をもまきこんで猖獗《しょうけつ》を極め、多くの人の脳に住みついてしまっている。

以下歴史的に必要とみた『萬葉集』の原文表記には、「山跡」や「大王」、あるいは「夜麻登」や「於保伎美」のようにカッコをつけて使うことにした。煩わしく感じるかも知れないが、『萬葉集』を古代人が記録した状況に近づくための苦心の実践として付合ってほしい。

第二章　天智天皇の晩年から死の直後までをさぐる

一　額田王の兎道の宮子の歌を読む前に

子供のころ初めて『萬葉集』を文庫本で読んだとき、強く印象にのこったのがあとで示す七の額田王《ぬかたのおおきみ》の歌である。

額田王は皇極天皇のときから近江の大津宮の時代にかけて活躍する『萬葉集』の代表的な歌人である。だが生没年は不明である。藤原鎌足の妻となった鏡姫王《かがみのおおきみ》（女）の妹とする説も鏡王（系譜不詳）の娘とする説などもある。

ぼくが額田で思い当たるのは奈良県大和郡山市にある額田寺（現　額安寺）であり、この地は古代には大和国平群《へぐり》郡の額田郷にあった。額田寺は奈良時代からつづく寺で、この付近を額田氏の本貫とみてよかろう。額田郷は鏡作《かがみつくり》郷に近く、額田氏も鏡作の鋳型の製作にかかわったとする説もある。ただし額田王が額田郷とどのような関係があったかは分からない。

七の和歌にしても題詞に「額田王歌　未詳」とわざわざ記していて、この歌の背景に複雑な事情があったことが示唆される。

額田王は額田姫王とも書き、若い日の大海人皇子（のちの天武天皇）の妻となり十市皇女《とおちのひめみこ》を生んでいる。十市皇女は大海人皇子の兄（中大兄皇子、のちの天智天皇）の子である大友皇子の妃となったことがある。

後で述べる壬申の乱によって大友皇子は大海人皇子と対立し、争乱のあと山背《やましろ》の山前《やまざき》（今日の大山崎）で命を失った（大友皇子と山前の関係については『京都の歴史を足元からさぐる』の「丹後・丹波・乙訓の巻」で詳述した）。乱のあとの天武四年（六七五）に十市皇女は伊勢神宮に詣り、天武七年（六七八）に天武天皇が倉梯の斎宮へ行く直前に病をえて死んだ。

大海人皇子からみると十市皇女は子とはいえ敵対した大友皇子の妃である。しかし乱後に十市皇女が天武天皇の意志をうけて伊勢神宮に参詣するなど生きながらえたのには、大海人皇子の娘という以外にも理由があったとみられる。

以下の話は『食の体験文化史』の「フナ」の項で書いた。要約すると『扶桑略記《ふそうりやつき》』や『宇治拾遺物語』の記述では、大友皇子とともに大津宮で暮らしていた十市皇女が、天智天皇の晩年に出家すると称して大津宮を脱出して、ヤマトの吉野にこもった父の大海人皇子に、密書をフナの腹にかくして送ったという。密書では近江側の情勢をひそかに知らせたのであろう。

細かいことだが、この時のフナとは近江特産のフナズシであったとぼくは考える。スシのメシがあるほうが密書を隠しやすい。

大海人皇子が吉野で挙兵して大きな戦争を起こしたあと、近江朝を倒しヤマトの飛鳥に浄御原宮《きよみはら》を造営し強力な律令制国家を築くにいたるには、すでに大津宮にいたころから、あるいはそれ以前から周到な準備をしていたとみられる。

『日本書紀』の壬申の乱後を扱った「天武天皇」の下の項の冒頭には、大海人皇子のときのこととみられる多彩な女性関係と、もうけた子供のことがまとめられている。つまり婚姻によって朝廷内の重臣や各地の豪族との関係を深めたとみられる。

その一環として筑紫の海の豪族として知られる胸形君徳善《むなかたのきみとくぜん》の娘の胸形尼子娘《あまこのいらつめ》を妃として、壬申の乱で父を助けて活躍する高市《たけち》皇子をもうけている。

胸形は宗形とも宗像とも書き、筑紫の宗像三女神を祠る氏であるとともに、朝鮮半島や中国を結ぶ海上交通をも掌握して海人集団（宗形部）をたばねた豪族とみられる。

大海人皇子と尼子娘のあいだに長子の高市皇子が生まれたのは大海人皇子の二十歳代のこととみられ、壬申の乱では成人した高市皇子は武将格として働き、大海人側に勝利をも

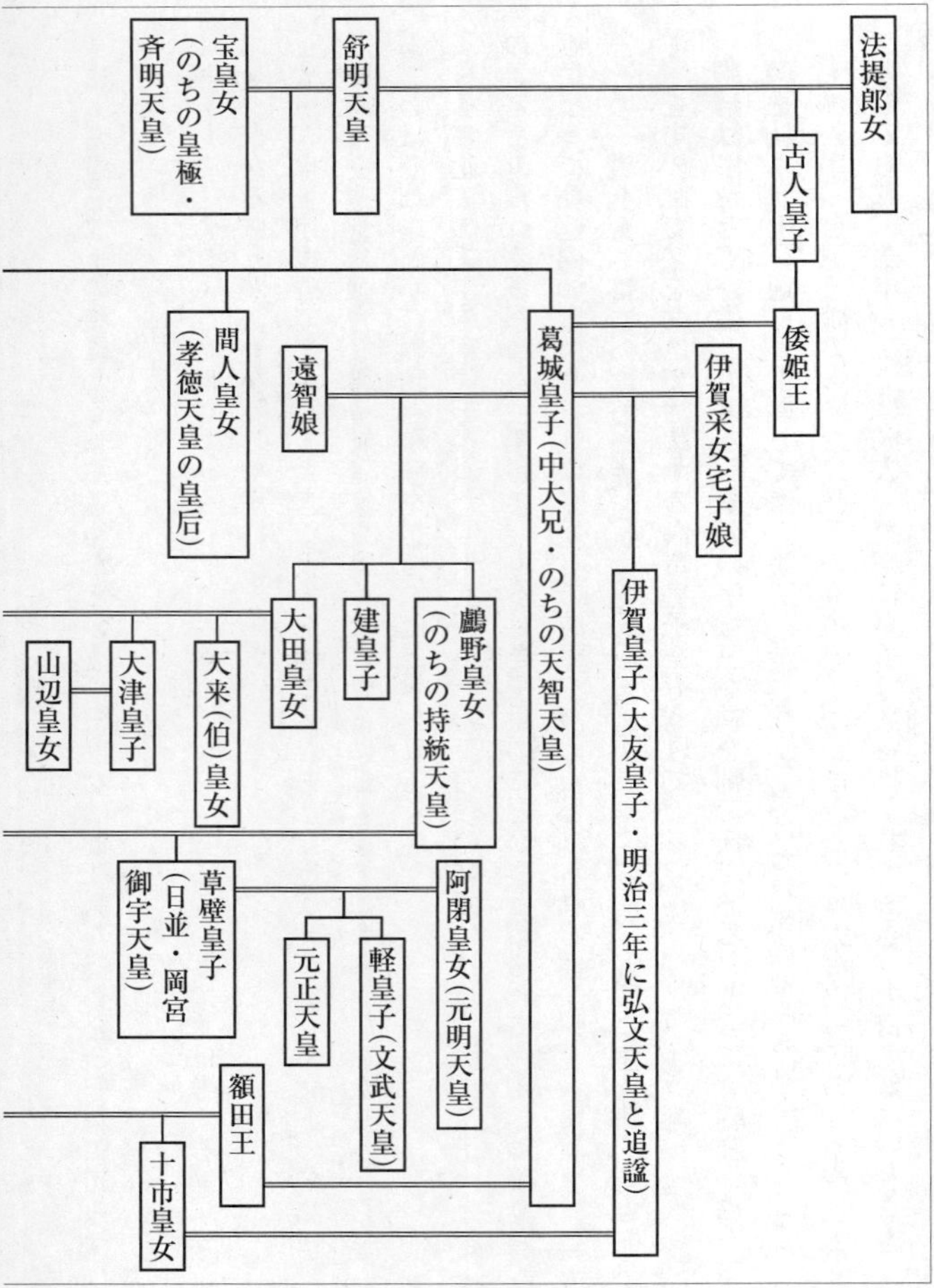
法提郎女
古人皇子
舒明天皇
宝皇女（のちの皇極・斉明天皇）
倭姫王
葛城皇子（中大兄・のちの天智天皇）
伊賀采女宅子娘
遠智娘
間人皇女（孝徳天皇の皇后）
伊賀皇子（大友皇子・明治三年に弘文天皇と追諡）
鸕野皇女（のちの持統天皇）
建皇子
大田皇女
大来（伯）皇女
大津皇子
山辺皇女
阿閉皇女（元明天皇）
草壁皇子（日並・岡宮御宇天皇）
軽皇子（文武天皇）
元正天皇
額田王
十市皇女

壬申の乱関連人物系図

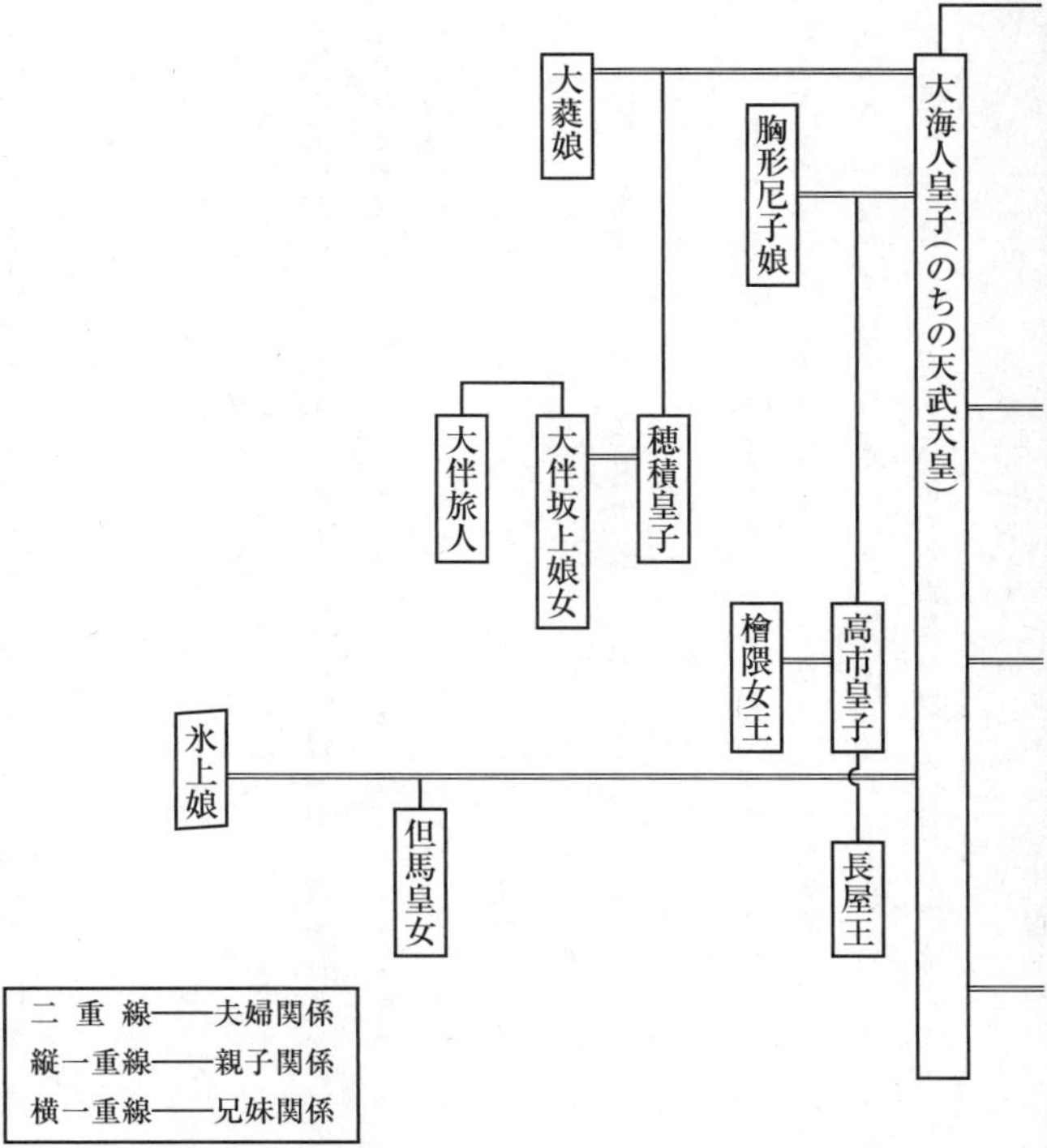
大海人皇子（のちの天武天皇）
大蕤娘
胸形尼子娘
穂積皇子
大伴坂上娘女
大伴旅人
高市皇子
檜隈女王
長屋王
氷上娘
但馬皇女
二　重　線――夫婦関係
縦一重線――親子関係
横一重線――兄妹関係

たらした。高市皇子はのち太政大臣になり、晩年には「後皇子尊《のちのみこのみこと》」の扱いをうけていた。親王として権勢をふるった長屋王の父でもある。

胸形君徳善については考古学資料からその力の一端が推察できる。ぼくは昭和四〇年に『古墳の発掘』という新書を書いた。そのなかで「日本の巨大な横穴式石室」のベストテンを表示した。一位は奈良県橿原《かしはら》市にあって、当時は見瀬丸山とよんだ陵墓参考地になっている前方後円墳の後円部にある横穴式石室である。この古墳は今日では所在する大字《おおあざ》の名をつけ五条野丸山古墳としている。

この古墳は推古女帝の母である堅塩媛《きたしひめ》を夫の欽明天皇（五七一年没）の陵に、没後かなり年月をへたのちの六一二年に合葬するさい大改造したものだとぼくは考えている。堅塩媛を夫の陵に合葬したことによって、皇后だったように扱ったのである。この古墳は奈良県の前方後円墳としては最大規模であるとともに、奈良県ではほぼ最後に築造された前方後円墳でもある。

巨大な横穴式石室の二位は、宗像勢力が築いたとみられる福岡県福津市の宮地嶽神社の境内にある宮地嶽大塚古墳の横穴式石室で、長さは二一・八メートルもある。この規模は蘇我馬子の桃原墓説の強い奈良県明日香村にある石舞台古墳の横穴式石室より三メートルほど大きい。『古墳の発掘』を書いたころ、二番めに大きい横穴式石室が筑紫にあることを不思議におもった。でも岩波講座『日本通史』を書いた一九九三年頃にはその謎がとけだした。

ぼくは宮地嶽大塚古墳を胸形君徳善の墓（もしくはその父ぐらいの胸形氏の長の墓）とみている。この古墳の周辺からは巨大な頭椎大刀《かぶつちのたち》や建物の窓にはめたとみられるガラス板などの豪華な埋納品が多数出土しているが、出土状況が不明であるのは惜しまれる。この古墳の副葬品とみてよければやはり徳善の墓であろう。

『日本書紀』では書いていないが、胸形君徳善は壬申の乱にさいして九州をおさえるために働き、乱後に破格の扱いをうけたことが宮地嶽大塚古墳となって形をのこしたのであろう。

二　兎道の宮子の歌を解く

以下のことは『日本古代人名辞典』（吉川弘文館）の「額田姫王」の項でも説明されていることだが、額田王は大海人皇子の妃となり十市皇女の母とはなったが、それよりのちに晩年の天智天皇の妃となったとみられる。

天智天皇の晩年は重臣の藤原鎌足が病となり、大津宮の造営も京《みやこ》の域に至るには程遠く、唐からは二〇〇〇人の大集団（兵士を含むか）を玄界灘の地域に派遣するような軍事的圧力も強まるなど、俗っぽくいえば落目であった。一方天智天皇の弟の大海人皇子は早くに皇太子（東宮）になっており、世間は期待するところが大きかったとみられる。

このような状況のなかで大海人皇子から天智天皇の妃となることを額田王は選んだのだから、同情心からと言おうか損得抜きの女心がそうさせたとぼくはみている。直木孝次郎氏も前に引いた論文で、この縁組については額田王が「主体性をもって行動したと考える」と述べている。

天智天皇の七年（六六八）の夏、天皇は大皇弟（大海人皇子）、諸王、内臣、群臣らを従えて近江の蒲生野で狩をした。このことは『日本書紀』に書いてあるし、『萬葉集』ではこれから述べる二一の大海人皇子の歌の左註にもこの日の蒲生野での狩に随行した人たちのことを書いている。この狩は天智天皇の最後の権勢の誇示となった。なお大皇弟は東宮大皇弟ともあって、『日本書紀』の成立にさいしての潤色とみられる。

茜さす　「武良前野《むらさきの》」行き　「標野《しめの》」行き　野守《のもり》は見ずや　君が袖ふる（二〇、額田王）

これにたいして大海人皇子が答えた歌が次の和歌である。

紫草《むらさき》の　におえる妹《いも》を　にくくあらば　「人嬬《ひとづま》」ゆえに　われ「恋」いめやも（二一、皇太子だった大海人皇子）

この二つの歌は蒲生野での狩のときに詠まれた。蒲生野は朝廷が独占する猟場であり、禁野とも書き、野守とよばれた管理者が設けられていた。

人嬬（妻）となっていた額田王にたいして、大海人皇子がなお未練をもっていたというだけではない。妻でなく嬬の字を使っていることには、その女体のしなやかさを知った男の未練の心がにじみでているとぼくには読める。嬬とは「柔らかい体軀の女性」に使う字である。

このように原文でみると、たんに人妻に恋したというのではなく、寝取られた妻への愛惜の念が強くあらわれた歌なのである。額田王は自分の意思によって、大海人皇子のもとを去り天智天皇の妃になったとぼくはみる。

一三に中大兄（のちの天智天皇）が作った有名な長歌がある。ヤマト三山の「雲根火」（畝傍山《うねびやま》）をめぐって「高山」（香具山）と「耳梨山」が争ったという「神代」からの伝説を詠んだのであるが、長歌の後半に次の一節がある。

古昔《いにしえ》も　然《しか》にあれこそ　「虚蟬《うつせみ》」も　「嬬《つま》」を　あらそうらしき

この長歌は天智七年ごろに詠まれたとみてよい。長歌は原文で「嬬」の字を用いていて二一の「人嬬」に関連しているのであろう。三山のどれを男、どれを女とみるかはむずかしいが、「香具山（額田王）が畝傍山（天智）を雄々しいと思って、それまで親しかった耳梨山（大海人）ともめるに至った」とする説をのせた「新編日本古典文学全集」（小島憲之氏、木下正俊氏、東野治之氏の校注・訳）の『萬葉集』の解説が注目される。

以上七の額田王の兎道《うじ》の宮子《みやこ》（都）の歌の歴史的意味を解く前提を長々と述べた。ずばりいって、晩年の天智天皇は寵臣の藤原鎌足を病で失おうとしていて、自身も老いに近づいてきたこともあって、死後に自分が葬られる陵の場所の選定を急におもいたったとみられる。そのことを示すのが『日本書紀』の天智天皇八年夏五月の記事の「天皇が山科野に縦狩《かり》する」の短い記事とみられるし、その年の一〇月にも天智天皇は山科へ行っている。

山科は宇治（兎道）郡の最北にある郷で、この地一帯に藤原鎌足の山階（科）の陶原《すえはら》の家があり、その一角に釈迦三尊を祠る山階精舎があった。この寺はのち奈良に移され藤原氏の氏寺としての興福寺となる。奈良へ移ってからも興福寺ではなく山階寺とよばれることが暫く続いた。

このように天智天皇の陵地の選定は藤原鎌足の死の直前にあわただしくおこなわれ、鎌足は自分の所有地（陶原）のかなりの部分を天智天皇の陵とすることに同意、もしくは進言したとみられる。

ぼくは天智天皇八年の山科野行きに額田王も同道し、天智天皇とともに「借五百」（仮《かり》廬《いお》）に宿ったとみている。宇治を「宮子（都）」と表現したのは天皇が夜をすごした土地だからだとみられる。そのときの歌が七の歌、つまり少年のときにぼくが引かれた歌なのである。

少年のときには何となく引きつけられたにすぎないが、『京都の歴史を足元からさぐる』の「洛北・上京・山科の巻」に山科陵のことを書くとき（平成二〇年）に、自分なりの歴史的解釈ができるようになった。

『日めくり万葉集』でぼくはこの歌を選びテレビに収録した。冊子の一〇冊めの一文はこのときの談話を書き起こしたものである。

この歌を天智天皇が山科野に陵の地を選ぶときの歌とみるようになったのにはもう一つの根拠がある。それについては後で述べることにする。それを思いついたのは『京都の歴史を足元からさぐる』の「嵯峨・嵐山・花園・松尾の巻」に藤原定家の「小倉百人一首と宇都宮頼綱」の項を書いた平成二一年のことだった。

問題の七の歌をみよう。

「金《あき》」の野の「美草」苅り葺《ふ》き　やど（宿）れりし「兎道《うじ》」の「宮子《みやこ》」（都）の
「借五百《かりいお》」（仮廬）し　おもおゆ

冒頭の金とは中国の五行思想で木火土金水を春、夏、土用、秋、冬に当てることによって金をアキと読ませてきた。ただしその秋は立秋（八月八日ごろ）から立冬までと、今日の常識的な夏をも含んでいた。なお陵地や墓地を生前に選定して寿陵（冢）を造るさいに、その地に仮小屋（実際にはそれなりの建物であろう）を設けて泊る習慣がどの程度あったかについては、中国や日本の民俗事例の検討の必要がなおのこる。

天智天皇の死については『日本書紀』の天智天皇一〇年（六七一）の条に「十二月癸《みずのと》亥《い》の朔《ついたち》乙丑《きのとうし》（の日）に天皇近江宮に崩ず。癸酉《みずのととり》（の日）に新宮に殯《もがり》す」と簡潔に述べられているだけである。壬申の乱の勝者の天武天皇によって、天智天皇の葬送記事はほとんどの部分が削除され、後に述べるように『萬葉集』の歌によって補わねばならなくなった。なおこの個所の新宮とは先ほどの兎道に設けられた仮廬のことかとも見られるが後考にまつ。

山科陵とよばれた天智天皇陵の造営記事が乏しいなか、天武天皇の即位前紀（厳密には大海人皇子として吉野にこもっていたとき）の五月の条に、大海人皇子の舎人の朴井《えのい》連雄君の皇子への報告として「臣、私事あるを以って独り美濃に行った。すると（近江の）朝廷が美濃と尾張の国司に〝山陵を造るための人夫を出せ〟と命じた。どうも人ごとに兵（武器）を執らせたようである。自分が考えるのにこれは山陵造りのためではなく必ず事があるようである。早《すみやか》に行動をおこしたほうがよい」といったという。その直後に大海人皇子は起ち、壬申の乱となった。

かなり潤色のありそうな記事ではあるが、このころ（六七二年）にまだ天智天皇陵の工事（墳丘周辺の整備か）がつづいていたのは確かで、人夫として美濃と尾張から多くの人を差し出していたことなどが分かる。

朴井連は東国か近江の愛智《えち》（依知）の人とみられるが不詳。摂津の住吉郡にも榎津郷があって、奈良時代の榎（朴）津廃寺もあり朴井氏を考えるさいの参考にはなる。なお『萬葉集』の二八三に「墨江《すみのえ》」の「得名津」で詠んだ和歌がある。

三　天智天皇の臨終から埋葬まで

『萬葉集』の巻第二は相聞《そうもん》で始まり、以下に述べるように九〇首余りの挽歌《ばんか》がつづく。挽歌とは人の死にまつわる歌のことである。中国では死者の棺をのせた車を曳いて墓に至る時に、人々が口ずさんだ歌という。

巻第二の挽歌はまず天智天皇がまだ中大兄皇子だった斉明天皇の四年(六五八)、強引に死においやった有間皇子(孝徳天皇の皇子)の死及び皇子を追憶した歌で始まっている。この歌については『万葉集の考古学』の「磐代と有間皇子」の項で述べたし、本書の「はしがき」でもふれた。

次に天智天皇の不豫《ふよ》(この場合は臨終)から殯《もがり》をへてさらに埋葬から終了までの九首が「近江大津宮御宇天皇代(天命開別天皇、謚曰天智天皇)」の標題の後につづく。

前にもふれたことだが、『日本書紀』では天智天皇の不豫と死については簡単な記事はあるものの、葬送についての詳細な記事はない。

このことは壬申の乱の勝者である天武天皇の意思をうけて『日本書紀』では削除されたとみられる。

その意味では『萬葉集』に、天智天皇の臨終から葬儀の終るまでを時間の推移をおって九首の歌がおさめられていることは幸いである。それとともに誰がこれらの歌を『萬葉集』の編纂時まで伝えていたのかの追求も今後の課題になる。

巻第二には天智天皇の死の関係の歌のあと、天武天皇の時代に亡くなった天武天皇の子の大津皇子や草壁皇子、さらに天武天皇の死に関しての歌をまとめ、そのあと柿本人麻呂の妻や人麻呂の死、はては讃岐の狭岑《さみね》（砂弥）島に流れついた名の分からない死人の歌などがつづいている。

これらの挽歌は考古学、とくに終末期古墳の研究にとって極めて重要である。まず一四七から一五五までの天智天皇関係の挽歌から天智天皇の葬儀をさぐろう。天智天皇は晩年に山科に自分の陵の場所を定め、造墓を始めたとみられる。このことについてはすでに私見を述べた。

『日本書紀』には天智天皇十年（六七一）「九月、天皇、寝疾不豫（或本云、八月天皇疾病）」とある。「寝疾不豫」とは、〝病に倒れ重体になった〟ことである。このことからも、二年前に天智天皇が自分の命の長くないことを覚り、山科に陵の位置を定めた判断は賢明だった。

一四七の題詞には「天皇聖躬不豫之時、太后奉御歌一首」とある。この太后とは舒明天皇の子の古人（大兄）皇子の娘の倭姫王であり、天智天皇の皇后である。しかし一四七の歌を平凡と感じるのでここでは省く。

歌の原文の一節に「大王乃御寿者長久」がある。この個所を読み下しでは「大君の御寿《みいのち》は長く」としているのは先に述べたように不適切とみる。この歌の左註（一四八の題詞とみる人もいる）では「一書に曰く。近江天皇、聖躰不豫御病急《にわか》なる時、太后の奉献する御歌一首」としていて、天智天皇の病が急であり、かつ重かったことを記している。

一四八も太后倭姫王の作である。

青旗《あおはた》の　木旗《こはた》（木幡）の上を　かようとは　目にはみれども　直《ただ》に逢わぬかも

原文の「木旗」を宇治郡南端の木幡に当てるのが通説である。木幡は『古事記』に応神天皇が丸邇《わに》（和邇）氏の族長の娘の矢《や》河枝《かわえ》比売《ひめ》（宅媛）と出会って求婚したのが「木幡村」と記されている。『日本書紀』が〇〇村としているのは、ちょっとしたマチであることが多い。江戸時代の農村としての村とは違いがある。

木幡は陸上交通の重要な拠点であり、『萬葉集』の二四二五には「山科強田山」に旅人の便利のための貸馬があったとみられる土地として詠まれている。木幡は木旗とも強田とも表記し、ヤマトから近江をへて北陸へ行くときの交通の要衝で、日本海地域からの物資が集まった。

一四七の歌に続いて「天皇崩後之時、倭大后御作歌一首」とあるのは一四八の左註とみてよかろう。歌の内容からみると、天智天皇の死の直後に作られたと推測される。殯か葬儀のときに詠まれたのであろう。

歌の内容から、死体は墓にのこるけれども、魂は空を飛んでどこかへ飛び去るとする信仰があったとみられる。木幡は陵のあった山科から八キロ南にある。天智天皇の魂は、中大兄皇子のときに大化改新の契機となった乙巳《いっし》の変《へん》の舞台・飛鳥板蓋宮を目指したという想定での歌かとぼくはみる。少なくとも倭姫王には故郷のヤマトが恋しかったのであろう。

天智天皇は六七一年に近江宮で死んだ。この宮は近江の大津宮ともよばれたように、宮の東辺は琵琶湖に臨んでいて、文字通り舟のつく大津（大きな港）をとりこんだ宮だった。「浜の臺《うてな》（楼）の下に、諸の魚、水を覆って至る」（天智紀七年）の記事は宮の南東部にあった水辺の建物のことだったのであろう。なお大津村の呼称は大津宮造営の前からあったと推定される。

天智天皇の殯は新宮でおこなわれたけれども、それが近江の大津だったか山背の山科の陵の近くだったかは分らない。ぼくは山科かと推定する。大津宮と山科の途中には低平な逢坂山が横たわる。大津宮の南端から山科陵までは直線距離で五キロほどで、古代人の足なら二時間ほどの歩行距離だったであろう。

大津宮でもう一つふれておかねばならないことがある。以下は『京都の歴史を足元からさぐる』「北野・紫野・洛中の巻」の「平安京と平安宮」の項で詳述したことだが、平安京に限らず檜隈廬入野宮・筒城宮・樟葉宮・難波宮などは故意に渡来人が密住している土地に割りこんだ形跡が多く、大津宮もその例にあげた。

大津宮は北部に隣接して丸邇（和邇）の大集団がいたけれども、大津宮が大友郷と錦部郷にあることからみて、渡来系集団のいる土地に天智天皇が宮をおいたのである。錦部郷は百済系渡来人の錦部（織）氏、大友郷も百済系渡来人の大友氏の重要な居住地とみられる。なお大友氏は百済系とはいえ、遠い先祖をさぐると中国系の可能性も強い。この点は平安京の秦《はた》氏も同様である。

以下はすでに論及した人はあるとおもうが、天智天皇の子の大友皇子は、幼いときに大友氏に養育されたのに因んだ名ではなかろうか。このことと関連していえば大津皇子も大津村の豪族に養育されたとも思う。最澄の出自の三津氏も大津に関係する地名であろう。もしこの考えに妥当性があるとすると、中大兄皇子と近江国の志賀郡との関係は大津宮を開くより前に遡るとみられる。

巻第二の歌に話を戻す。天智天皇の死にまつわる九首の最後の歌（一五五）は「山科御陵」より「退散」の時、額田王の作る歌一首である（題詞）。

この長歌によれば葬儀の期間中ずっと額田王は山科御陵の辺りで過ごしたようで、多くの朝廷人が次々に（あるいは早々にか）御陵から立ち去る様子を描いている。

「八隅知之」（やすみしし）わご「大王」の　かしこきや　「御陵」仕うる　「山科」の
「鏡山」に　夜はも　夜のことごと　昼《ひる》はも　「日」のことごと　「哭」《ね》のみを　泣き
つつ在《あ》りてや　百《もも》しきの　「大宮人」は　去《ゆ》き別れなむ

大意は〝わが大王の恐れ多い山科の鏡山（原文表記）にある御陵に（天皇の埋葬が終ったあと）夜も昼も皆は大声をあげて哭《な》いていたのに、大勢の大宮人（宮中に仕える人）はもう帰ってしまった〟。

山科陵は今日治定されているように、京都市山科区の鏡山の麓に造営された御廟野《ごびようの》古墳とみられる。

この古墳は上八角下方墳で、一昔前までは上円下方墳の代表例とされていた。しかし上段は円墳ではなく八角形に工事されていた。古墳時代終末期の支配者層の古墳には八角形墳が時々見られる。木造建築において円堂《えんどう》というのは平面が八角形である。法隆寺の夢殿や五条市の栄山寺の八角堂などに例がある。

このように山科陵は位置と造営の時期の分かる稀有の天皇陵である。山科陵については『続日本紀』の文武天皇三年（六九九）に工事の記事がある。これは壬申の乱によって墳丘周囲の整備工事が中断していたのを再開したことを示す記事であろう。

このころから山科陵はもっとも大切な先帝の陵として扱われるようになり、平安時代前期の『延喜式《えんぎしき》』には、山城国宇治郡にある山科陵は「兆域東西十四町、南北十四町、陵戸六烟」とあって、広大な兆域（墓域）をもつようになった。なおこの広大な兆域が天智天皇の死のころから定められていたのか、奈良時代の後半以降に天智天皇の名声が高まったころに追加されたのかは今のところは不明である。

ぼくは御廟野古墳は、藤原鎌足の陶原の家のかなりの部分を占めるようになったとみている。御廟野古墳の隣接地に、七世紀前半まで操業していた須恵器の窯跡《かまあと》があった。この窯は鎌足の屋敷地になったときに廃絶したとみられ、廃絶の時期は山科陵の造営時期より少し前になるとみられる。

このように『萬葉集』が編纂されたころには、天智天皇の名誉は回復されつつあった。名誉の回復というより、大化改新の立役者となった天智天皇の役割が改めて評価される時代になっていたのである。天智天皇の死から葬儀についての九首の歌がおさめられた時代背景が分かるようにぼくは考えている。それにしても額田王は天智天皇の死のあと、もっとも長く御陵に居たとみられる。彼女の意識では自分は天智天皇の皇后ではなかったけれども一番よき理解者で、妃というより女友達だったのであろう。額田王の歌を九首の締とした理由が分かるような気がする。

四　数奇な運命をたどった天智天皇の歌

数奇な運命をたどった歌がある。巻第十の秋の雑歌のなかに「露を詠む」の題詞でまとめられた九首のうちの一首である。

秋田刈る　「借廬」を作り　吾《わ》が居れば　衣手《ころもで》寒く　露ぞ置きにける（二一七四）

作者については何も書いていない。見落としそうな歌である。

この歌は鎌倉時代に後鳥羽上皇の命によって作られた勅撰和歌集である『新古今和歌集』の「秋歌」に少し変えておさめられている（四五四）。

秋田守《も》る　仮庵つくり　わがおれば　ころも手さむみ（し）　露ぞ置きける

詞書には「題しらず。よみ人知らず」とされている。『新古今和歌集』の撰述に当った五人のなかに藤原定家がいた。定家は晩年に関東の武士である宇都宮頼綱のたっての頼みによって『小倉百人一首』を作った。今日も国民的人気のある歌集である。

その第一に天智天皇の作として掲載したのが『新古今和歌集』で「よみ人知らず」とし

ておさめた秋の露の歌である。

秋の田の　かりほの庵《いお》の　とまをあらみ　わがころもでは　露にぬれつゝ

これはすごいことではないか。『萬葉集』では雑歌の一つとしていれた歌が、『新古今和歌集』には「よみ人知らず」としておさめられた。この頃は定家はこの歌が天智天皇の作であることは知っていたとみられるが、複数で編述に当っていたので作者の名を明記することはできなかった。おそらく歌を扱う公家として定家の家にはこの歌の作者の名が伝えられていたのであろう。このことは定家の心にひっかかることであった。

『百人一首』を選ぶころの定家は、すでに病がちの生活になっていた。誰に憚《はばか》ることなく、この歌の作者が天智天皇であることを明かし『百人一首』の第一におくことができた。これによって壬申の乱のあと、抹殺されがちだった天智天皇の復権となった。定家は剛毅な性格で、若いときに宮中で一人の公家を打擲《ちようちやく》し、しばらく謹慎させられたことがある。

それにしても天智天皇のこの歌は、先にあげた額田王の七の歌と情景がよく似ている。ぼくは先に述べたように、天智天皇が自分の墓の場所を選定に行ったとき額田王を連れていったとみているが、その時に天智天皇も額田王のアドバイスをうけながら類似の歌を作ったのだろう。以上のことは『京都の歴史を足元からさぐる』「嵯峨・嵐山・花園・松尾の巻」「藤原定家と嵯峨山荘」の項で書いた。藤原定家の人柄を頼もしく思うようになった。

五　大津皇子と草壁皇子の挽歌

天智天皇の皇女の鸕野讃良皇女《うののさららのひめみこ》（以下讃良は省く）は若くして大海人皇子の正妃となり、大津宮でもうけたのが草壁皇子《くさかべのみこ》である。鸕野皇女は大海人皇子が即位して天武天皇になると皇后になり、天武天皇の死後には草壁皇子を帝位につけるという自分の希望が挫折して自らが天皇になった。持統天皇である。

大海人皇子が吉野で挙兵し、伊賀と伊勢をへて近江に攻めいったとき、鸕野皇女は子の草壁皇子をはじめそのほかの皇子や舎人《とねり》とともに従軍した。この戦争が壬申の乱で、『日本書紀』が詳細に戦の経過を記録している。高市皇子や大津皇子は華々しい活躍をするけれども、草壁皇子については行動開始の日に名がでるだけであとは出てこない。おそらく実戦には適さなかったのであろう。

大海人皇子が天武天皇となって十年が過ぎたとき、草壁皇子は皇太子となった。このことについては鸕野皇后の強い希望があったのである。

草壁皇子の政治的才能については記録からは分からない。日並皇子《ひなみし》とよばれていたころ、大名児《おおなご》の通称をもつ石川女郎《いらつめ》に贈った（題詞による）歌が一首（一一〇）だけ『萬葉集』におさめられている。ありふれた恋の歌におもえるので歌は省く。文武の才能は凡庸としても、女性には熱心だったようである。

石川女郎は大津皇子に仕えていたともみられ、大津皇子が石川女郎に贈った歌（一〇七）もある。『萬葉集』の歌で見るかぎり、大津皇子と草壁皇子が一人の女をめぐって諍《いさか》いをおこした節がある。

草壁皇子は天智天皇の娘の阿閉《あべ》（陪）皇女（のちの元明天皇）との間に、のちの文武天皇と元正天皇をもうけた。これらの人物をのこしたことは草壁皇子の数少ない功績といってよかろう。とくに阿閉皇女は即位して元明天皇になるが、平城遷都をはじめ大きな事業をこなし、『萬葉集』にも二つの歌（三五と七六）をのこしている。二首とも秀歌である。このように弱々しさを感じさせる草壁皇子は六八九年に若い命を終えた。

草壁皇子が亡くなる三年前（六八六）に、父の天武天皇が亡くなり、鸕野皇后が称制《しょうせい》、つまり天皇に代わって政務をとった。このころには次の天皇候補としては、草壁皇子よりも大津皇子のほうが相応《ふさわ》しそうなことは誰の目にも明らかだった。大津皇子は顔付もよくはっきりと物をいい（音辞俊朗――『日本書紀』巻第三十）文武の才に恵まれていた。ここで文というのは和歌や漢詩を作る才能である。

鸕野皇后は称制を始めた一カ月のちに、大津皇子を草壁皇太子への謀反の疑いで捕えて殺してしまった。天武天皇の死より一カ月足らずのうちにおこった事件である。ぼくは鸕野皇后に女の執念の激しさを覚える。前に述べた有馬皇子の抹殺のときにもみられたが、専制政治の恐怖がむきだしになった。

大津皇子は『萬葉集』に四首の歌をのこしている。

また伊勢神宮の斎宮（王）になっていた姉の大伯皇女《おおくのひめみこ》も、大津皇子の死に関係のある六首の歌をのこしている。

一〇五と一〇六の歌には題詞がある。「大津皇子、竊かに伊勢神宮に下りて上り来し時、大伯皇女の御作歌二首」とある。大津皇子が竊かに伊勢を訪れたのは、天武天皇の病が重くなった頃か天皇の死の直後のことであろう。『日本書紀』には後日の挿入記事かと思うが、朱鳥元年（六八六）の七月に「天下の事、大小を問わず、悉く皇后および皇太子（草壁）に啓《もう》せ」とある。大津皇子の謀反とは、この大津皇子の伊勢行を指しているのであろう。

わが背子を「倭」へやると　さ夜深《ふ》けて「鶏鳴《あかとき》」露に　わが立ち濡《ぬ》れし（一〇五）

二人行けど　行き過ぎ難き　秋山を　いかにか君が　独り越ゆらむ（一〇六）

大津皇子は頼りにしていた姉（大伯皇女）に会ったけれども、追いつめられていた状況の打開には至らずヤマトへ戻っていった。するとすぐに逮捕（場所不明）され、その翌日ヤマトの訳語田《おさだ》の舎《いえ》で殺されている。この日に作ったとみられる大津皇子の歌が『萬葉集』の巻第三に挽歌としておさめられている。四一六の題詞には「大津皇子、被死《ころされる》之時、磐余池（の）陂《つつみ》（で）涕（を）流（して）御作歌一首」とある。

もも伝う　磐余の池に　鳴く鴨《かも》を　今日のみ見てや　雲隠りなむ

磐余《いわれ》は奈良盆地の南東にあって、神武天皇の建国にゆかりのある土地との伝承がある。神武天皇の名が磐余彦《いわれびこ》だったことも思い出される。

そのような磐余池近くの訳語田で、有力な天皇候補者は二四歳の若さで命を奪われた。歌の意味は〝磐余池に鴨が鳴いている。今日はその風景を見られるけれども、間もなく雲で隠れるだろう。つまり間もなく自分は殺されるだろう〟。何とも空しい辞世の歌であるが大津皇子の人となりがにじんでいる。

ところで磐余池は『日本書紀』では履中二年に作ったという記事がある。五世紀中頃とみてよかろう。

この池は香久山の東方にあったとみられるが、池のあった名残とみられる地名がある。桜井市の池の内と東池尻の二つで、いずれも香久山の東方に当っている。

池の内や東池尻の地形を見ると、南に山地形があり、四つの山脚で挟まれた低地に水を貯え、北方低地に東西にのびる堤を築いていたとみられる。

典型的な古代の谷池の地形で、河内の狭山池の構造とも共通点がある。東西の幅約七〇〇メートル、南北の長さ約一キロの大池だった。大津皇子が訳語田（桜井市戒重か）で刑死する直前に、陂（堤）で涕を流しながら歌を作ったのは磐余池の北堤であり、北方すぐの地が訳語田のあった戒重である。

この池は築造後間もなく荒廃した形跡があり、修復されて藤原宮の時代には池が復活していたとみられ、これが後に述べる、柿本人麻呂が高市皇子の挽歌として詠んだ一九九の長歌にでている埴安《はにやす》の御門であろう。ただし長歌では埴安の地が詠われていて埴安池ではない。

一九九の長歌は二〇〇と二〇一の短歌をともなっている。このうち二〇一の短歌には埴安池がでている。

埴安《はにやす》の　池の堤《つつみ》の　隠沼《こもりぬ》の　行方を知らに　舎人《とねり》はまとう

注目してよいのは、この頃すでに埴安池は隠沼《こもりぬ》の状態を呈していたことである。水草などでどこが池かわからない沼となっていたのであろう。磐余池と埴安池は同じで、新旧の違いが異なった地名になったのであろうか。

大津皇子が殺された時、妃の山辺皇女（天智天皇の娘）は、髪をふり乱して徒跣《はだし》で走って殉死した。これを見た人は皆悲しんだという。

皇位継承のライバルだった大津皇子は抹殺できた。この事件のあと鸕野皇后は、夫の天武天皇の葬儀をおこない、飛鳥の大内《おおうち》陵に埋葬している。大内陵は考古学でいう野口王墓古墳のことで、のち持統天皇も合葬されることになる。皇后だった持統天皇の強い意志が合葬となるとぼくはみている。

大津皇子が殺害された直後に、斎宮を解任された大伯皇女は飛鳥へ戻った。この頃には大津皇子の屍の処置（埋葬）も終っていた。

一六五と一六六の題詞には「移二葬大津皇子屍於葛城二上山一之時、大来皇女哀傷御作歌二首」とある。〝大津皇子の屍を葛城《かつらぎ》の二上山に移葬したときに、大来（伯）皇女が哀れみ傷む歌〟とは大津皇子の事件のすさまじさをよく伝えている。この二首はどちらも秀作としてよく知られているが一六五の歌で代表させよう。

うつそみの　人にある吾や　明日よりは　二上山を　「弟世《いろせ》」とわが見む

弟世は同母兄弟のこと。二上山《ふたがみやま》は奈良県と大阪府の堺に聳える二つの頂（瘤）のある山で、所在地は大和国葛城郡で、この郡が上下の二つになってからは葛下郡《かつげぐん》にあった。宮内庁は大津皇子の墓を「二上山墓」として、二上山の雄岳の山頂に小円墳が築かれている。

それとは別に二上山の南東の麓、中将姫伝説で名高い当麻寺《たいまでら》の方向の北東の中腹に、鳥谷口古墳という古墳時代終末期の古墳がある。ばらばらで出土した石材を復元すると横口式石槨になったが、用材が不揃いでどこか急拵えというか態《わざ》とらしさが感じられる。この古墳が発見された当時、大津皇子の屍をおさめた古墳ではなかろうかとささやかれた。

今日ではこの古墳は立派に整備されていて当麻《たいま》氏の古墳かともいわれているが、古墳の築造年代と場所からみると大津皇子の墓の可能性がある。

草壁皇子は死後七〇年近くがたった天平宝字二年（七五八）に岡宮御宇《おかのみやにあめのしたしろしめしし》天皇《すめらみこと》と追尊された。岡宮のいわれは不明だが、陵のある真弓丘《まゆみのおか》（岡）にちなんだかと思う。宮とは、後に述べるように一六七の長歌で草壁皇子の殯宮を御殿といったことに共通する意識とみられる。『延喜式』には「真弓丘陵。岡宮御宇天皇。大和国高市郡に在り。兆域東西三町。南北三町。陵戸五烟」とある。

草壁皇子は日並皇子《ひなみし》ともよばれた。これは皇太子としての次の天皇への期待からの通称であろう。日嗣の御子とか日の御子にも通じる言葉であろう。

柿本人麻呂は日並皇子を殯宮に安置したとき長歌一首と反歌二首をのこしている（一六七～一六九）。

この長歌のなかでは、神話の時代の話として、「天照日女之命」つまり太陽神としての天照大神を「天照す日女《ひるめ》の命」といって、「日之皇子」としての天武天皇と対比させている。この歌の題詞では日並皇子尊としているから、父の天武天皇と草壁皇子のどちらをも日の皇子ととらえていたのであろう。

一六七の長歌は美辞麗句の連続で文学的には見事な作品だが、ぼくには諂《へつらい》の歌に思えるので全文は省く。歌の後半の大意は次のような内容である。〝日の皇子である草壁皇子が天皇となって政治をおこなう日の来ることを、天の下の四方の人が待っていた。それなのに皇子は何を思ってか、ゆかりのない真弓の岡に柱の太い（立派な）「御在香」（御殿、つまり殯宮）を作ってすでに長い日月が過ぎた。皇子に仕えた宮人はこれからどうすればよいのだろうか〟。

柿本人麻呂が讃めたたえたほど、人々が草壁皇子に期待していたとは思えず、草壁皇子の母の持統天皇に捧げた歌とみられる。この歌の内容をそのまま当時の歴史を反映するものとはできないとぼくはみる。それにしてもこの歌によって草壁皇子の殯が越智岡丘陵《おちおかきゆうりよう》の眞弓でおこなわれたこと、さらにそれによって次に述べるように殯の地と墓の位置が近いことも分かる。

岡宮天皇（草壁皇子）の真弓岡陵は奈良盆地南方の高市郡高取町森に治定されている。大きくみると場所は当っているが、よりふさわしい古墳が、以下に述べるように北方約二五〇メートルのところで見つかった。『萬葉集』には、先に引いた柿本人麻呂が日並皇子の殯宮で作った歌のあとに、「皇子尊《みこのみこと》の宮の舎人《とねり》らが慟《かな》しみ傷んで作る歌二十三首」がのせられている。東宮職員令の規定では皇太子の舎人は六百人とあるから、二十三首がそれぞれ別々の舎人の作とみても、草壁皇子に仕えていた舎人のごく一部である。それほどの秀歌とはおもえないが、葬られた陵の地名を詠みこんだ歌が五首あって考古学からは注目される。その地名とは次の通りである。

檀の岡（一七四）は、真弓の岡のことである。佐太とあるのは一七七、一八七、一九二の三首で、それを佐田としたのが一七九である。いずれにしても佐太の岡辺のように岡辺、つまり岡の縁にあることが詠まれている。

高取町佐田に春日神社があり、拝殿に接して束明神古墳がある。もと塚《つか》明神の地名だったことが分かる。新たに存在の分かったこの古墳は一九八四年に発掘され、ぼくも何度か足を運んだ。宮内庁が指定している場所の北東至近の地である。

墳丘は八角形で版築《はんちく》技法で土を盛りあげている。埋葬施設は加工した石材を積みあげた横穴式石室で、実大の模型が橿原考古学研究所の附属博物館の前庭に置かれているので、いつでも見学できる。

墳形が八角墳であることと、埋葬施設が切石を構架した横穴式石室であることは父の天武天皇の野口王墓古墳（大内陵）と共通していて、地名などからも束明神古墳が草壁皇子の眞弓丘陵とみてまず間違いなかろう。

奈良時代のことだが、天平神護元年（七六五）十月に称徳天皇は紀伊国に行幸した。そのとき「檀山陵を過ぎるとき、陪従の百官に詔して悉く下馬せしめ、儀衛、その旗幟を巻く。この日、宇智郡に到る」（『続日本紀』）。

称徳天皇は女帝であり、草壁皇子を溺愛した鸕野皇女（持統天皇）に共感するところがあったのであろうか。なお称徳天皇の紀伊行は、巨勢道《こせじ》を通って飛鳥から南下し宇智郷に至り、あとは吉野川と紀の川の川筋を使う紀（木）路（三五）によったとみられる。

第三章　高市皇子を挽歌からさぐる

一　壬申の乱と高市皇子

天武天皇がまだ大海人皇子だったとき、筑紫の豪族、胸形君徳善《むなかたのきみとくぜん》の娘の胸形尼子娘《あまこのいらつめ》を娶ってもうけたのが高市皇子《たけちのみこ》である。大海人皇子二十歳代初めの子だったから、高市皇子は長子であろう。

高市皇子と大津皇子は、大海人皇子が吉野で挙兵したときは敵方といってよい大津宮にいた。大海人皇子は自分に早くから従っていた大分君恵尺《えさか》を近江朝の大津宮に遣わし、二人の皇子に大海人皇子と伊勢で合流するように伝えた。

大海人皇子らが伊賀郡の積殖《つむえ》（今日の柘植《つげ》）に至ったとき、高市皇子が民直大火《たみのあたいおおひ》、赤染造《あかぞめのみやつこ》徳足《とこたり》、大蔵直広隅、坂上直国麻呂、古市黒麻呂、竹田大徳、胆香瓦臣《いかごのおみ》安倍らを従えて合流した。

積殖への道は今日JRの草津線が通っていて、近江の三雲までは東海道をとり、三雲からは杣街道によって香深（甲賀）をへて伊賀を結ぶ最短交通路である。高市皇子が単身で大海人に合流したのではなく、民直、赤染造、大蔵直、坂上直、古市のように渡来系の人たちを多数伴ったことが注意される。おそらく高市皇子はそれらの人々を大海人皇子側に加担させる密命をうけて大津宮に滞在していたとぼくはみる。

大海人の軍勢が鈴鹿関をこえたとき、大津皇子も合流したし、近江への使いに行っていた大分君恵尺も大分君稚臣や難波吉士三綱らとともに加わった。

なお大分君恵尺は豊後の大分の豪族とみてよかろう。壬申の乱での功による構築物とみられる終末期古墳が大分市にある。西大分駅の山手にある方墳で、終末期の横口式石室を築く古宮《ふるみや》古墳である。七世紀代としては九州では稀な畿内的な墓室で、大分君恵尺の墓とみてよかろう。

天武天皇の四年（六七五）に大分君恵尺は病で死にかけた。天皇は驚いて恵尺の功績をたたえ外小紫位を授けた。死後の墓造りにも手をかしたことだろう。胸形君徳善だけでなく、大海人皇子は早くから九州の豪族を味方につけていたことが知られる。

壬申の乱に話を戻す。伊勢の桑名へ大海人の軍が東進したころ、尾張や美濃などの東国から加わる者も多くなり大海人側の陣容がととのいだした。このころには高市皇子は全軍を指揮する役割を果たしていて、自らも美濃と近江の堺にある不破《ふわ》を占拠した。高市皇子は大海人にも早く不破に来ることを勧め、大海人もその通りにした。以下は不破での大海人と高市皇子との問答である。

大海人は〝近江朝には左右の大臣をはじめ智謀《かしこ》き群臣が多い。自分には幼少の孺子《こども》があるのみである〟と嘆いた。高市皇子は剣をかかげて〝近江朝には群臣は多いとはいえ、あなたの霊の力（今日でのカリスマ性）にさからえるでしょうか。臣高市は神祇の霊を頼んで、天皇の命をうけ諸将をひきいて討ちましょう。どうしてこの勢を距《ふせ》げましょうか〟といった。大海人は高市皇子の手を握りながら〝慎め、怠りそ〟といって鞍をおいた馬を賜い「悉く軍事を授けた」。高市皇子を総帥、つまり最高指揮官に任じたのである。

高市皇子は最前線の和蹔《わざみ》（和射見）へ戻った。今日の関ヶ原であろう。因みに関ヶ原は不破関があったことからついた地名である。大海人は少し東方の野上（美濃国不破郡野上郷）に帰った。以上のことは『日本書紀』に克明に記録されているが、壬申の乱での大海人軍の勝利は、高市皇子の統率力と胆力によるところが大きかったのである。この戦いぶりは、これから述べる高市皇子の死にさいして「高市皇子尊《たけちのみこのみこと》の城上《きのえ》の殯宮《もがりのみや》の時、柿本朝臣人麻呂の作る歌一首」の題詞のある一九九の長歌でも逐一行動をおって詠まれている。

ぼくは高市皇子の役割の大きさに見合う処遇が、天武天皇の即位以後には薄れていること、つまり『日本書紀』の高市皇子についての記事が簡単になっていくことが気になりだした。

壬申の乱の『日本書紀』の記述でも、戦の後半からは大伴連吹負《ふけい》が将軍としてあらわれ、その戦いぶりの記事が多くなる。この部分は大伴氏の家記によったであろう。とはいえ高市皇子の役割を記事のうえで軽くする役割を果たしている。

近江朝の大友皇子が山前《やまざき》（今日の大山崎）で自殺し、その首が大海人のいた不破宮にもたらされたのち、大海人は高市皇子に命じて近江朝の群臣の罪状を調べさせ、中臣連金《なかとみのむらじかね》を斬った。ほかは罪の重い者を配流にし、他は赦免した。

大海人は近江から伊勢と伊賀をへてヤマトに戻り倭京《やまとのみやこ》の嶋宮《しまのみや》に入り、さらにかつて舒明天皇と斉明天皇の居た岡本宮に移っている。このあとその年（六七二）の冬には岡本宮の南に造営した飛鳥浄《あすかきよ》（清）御原宮《みはらのみや》へ移って帝都とした。まだ都城としての皇都ではなく、従来からの宮の構造を踏襲したのであった。

大海人が即位するのはその翌年（六七三）二月であって、正妃の鸕野皇女《うののひめみこ》（のちの持統天皇）を皇后とした。今までのぼくの記述で、壬申の乱の最中やそれ以前については大海人皇子または大海人として、天皇とは書かなかったのは、即位の年を重視したからである。

天武天皇の時代になると鸕野皇后の発言力が次第に強くなり、子の草壁皇子を溺愛したあまり、天武天皇の死の直後に、天武天皇の子であり皇位継承の有力候補だった大津皇子を殺してしまったことについてはすでに述べた。

高市皇子も当然皇位継承者の一人だったから、大津皇子のような運命にならないため、注意をおこたらなかったとぼくはみている。『日本書紀』の記事のうえで高市皇子の行動が簡単に述べられだしたのは、そのことにも原因があるとみてよかろう。

高市皇子は六九〇年には太政大臣になっている。その直後に持統天皇の命によって藤原の宮地を見ている。おそらく藤原宮（京）の造営が進捗していたのであろう。この功によって高市皇子は封戸二千戸を加えられ、五千戸の封戸をもつまでになった。このころには持統天皇は草壁皇子の子の軽皇子《かるのみこ》を、まだ少年だったけれども皇太子にすることを考えだしていた。そんななか持統天皇の晩年の六九六年七月に高市皇子は死んだ。『日本書紀』は「庚戌《かのえいぬ》、後皇子尊薨」の短い記事をのせている。毒殺されたという疑いもある。

二　高市皇子の死と『日本書紀』の扱いの謎

『日本書紀』の記述からでは、高市皇子の死は大きな事件にはなっていない。だが七、八世紀の漢詩を集めた『懐風藻《かいふうそう》』に収められている大友皇子の長子の葛野王《かどの》の二首の詩の題詞のなかに、高市皇子の死にさいして「皇太后（持統天皇）が王公卿士を禁中に呼び集めて、日嗣《ひつぎ》（日嗣の御子）を立てることを相談した。時に群臣は自分勝手な意見を述べ衆義は紛糾した。そのとき葛野王は立派な意見を述べ持統天皇を感心させた」という。『日本書紀』は高市皇子の死について記したとき、「後皇子尊」と書いていて、皇太子の草壁皇子に準じる扱いのあったことが分かる。これは皇室内の評判というより、世間での評価のあらわれとみられる。

高市皇子をどこに葬ったかの記事は『日本書紀』には一切省かれている。『延喜式』の諸陵寮の項には、二十三の遠墓の一つに「三立岡墓　高市皇子。大和国広瀬郡に在り。兆域東西六町。南北四町。守戸なし」とある。ところが今日宮内庁が管理する陵墓のなかには高市皇子の墓はない。昭和三一年刊行の『陵墓要覧』の天武天皇の項を見ると、追尊された天皇としての岡宮天皇の真弓丘陵や大津皇子の二上山墓、さらには高市皇子の子の長屋王墓はあるのに、高市皇子の墓は扱われていない。目立つことを生涯極力ひかえた高市皇子らしいといえないことはないが、『延喜式』には三立岡《みたておか》墓として記載されているし、後で述べる柿本人麻呂の高市皇子への挽歌からも墓の所在地は推測できそうだから、終末期古墳の重要なテーマとしてこれからの研究が必要となる。

三　柿本人麻呂の高市皇子への挽歌

柿本人麻呂は草壁皇子の死にさいしても「日並皇子尊《ひなみしのみこのみこと》の殯宮《もがりのみや》の時、柿本朝臣人麻呂の作る歌一首」として長歌（一六七）と反歌二首（一六八、一六九）をのせている。このことについては前に少しふれた。

この長歌は分量が少なく美辞麗句を連ねたもので、宮廷歌人としての立場によって草壁皇子の母である持統天皇を意識して作ったとみられる。読んでいても何の感興もわかなかった。

これにたいして城上の殯宮に屍が安置された高市皇子にたいして柿本人麻呂の作った長歌（一九九）は分量が多く、壬申の乱での高市皇子の働きぶりを詳細にわたって堂々たる文言を列ねて詠みこんでいて、人麻呂が高市皇子の生きざまに心酔していたことをぼくは感じる。

少なくとも草壁皇子よりも高市皇子のほうを、皇子の生きざまとして人麻呂が頼もしく思っていたことを、これらの二つの長歌を比較すると読みとることができるであろう。

人麻呂の長歌のなかにでている高市皇子の殯をおこなった城上《きのえ》とは広瀬郡の城戸郷で、

木𨺉と表記したり（一九六）、木上とも表記している（一九九）。

武烈紀の三年十一月の条には「信濃国の男丁《よほろ》を発《おこ》して、城《き》の像《かたち》を水派邑《みまたのむら》に作れ」の詔をあげていて、そのことによって「城上という」としている。城《き》とは古代の城郭のことである。城上とよばれる前は水派《みまた》でもあった。

広瀬郡城戸郷といえば今日の広陵町の三吉《みつよし》あたりで、前期古墳の多い馬見《うまみ》古墳群の南端に当る。馬見丘陵の南端部といってもよい。

馬見古墳群にも牧野《ばくや》古墳のように後期の大円墳もある。この古墳は敏達《びだつ》天皇の子の押坂《おしさかの》彦人大兄皇子《ひこひとおおえのみこ》の成相墓《なりあいのはか》の有力候補ではあるが、高市皇子の三立岡墓とは年代が違う。

現在のところ馬見丘陵南部には、高市皇子の三立岡墓とみてよさそうな終末期の顕著な古墳は知られていない。馬見古墳群の南部には新木山《にきやま》古墳や築山（城山）古墳のように陵墓参考地に指定されている中期古墳が混じっていて、全体に考古学的な検討のおくれている地域である。

注意を要するのは、馬見中一丁目にある見立山公園に古墳状の隆起のあることである。前に述べたように、草壁皇子の墓は越智岡丘陵の束明神古墳が有力視されているけれども、この古墳も偶然の機会に存在が明らかになる前は考古学界には知られていなかった。束明神古墳から推定すると高市皇子の墓も立派な終末期古墳であったとみられる。立派とはいえ終末期古墳、とくにその後半の墳丘はそれほど大きくはない。将来の検討が待たれる。

一九九の柿本人麻呂の高市皇子にたいする挽歌に話を集中する。この長歌は人麻呂の作った歌のなかでは、人麻呂の心情が素直に吐露されていてぼくは秀作とみている。それだけでなくさまざまの歴史的な事件が詠みこまれている。

この長歌のかなりの部分は、壬申の乱での高市皇子の役割と働きぶりを時を追って詠みつづけたのであるから、長歌というより、雄大な叙事詩であるといってもよい。したがって内容から歴史を読みとるために、ぼくなりに四つの段落に分けて読んでいこう。それぞれの段落は詠みつがれていて区切りをつけにくいが、内容によって分けよう。それは段落というより四つの語りからなるといってもよい。

第一の語り。歌の前半部分で、この歌の主人公・高市皇子の父である大海人(即位後の天武天皇)が壬申の乱にさいして高市皇子を抜擢するまでである。

鶏が鳴く　吾妻《あづま》の国の
御軍士《みいくさ》を　喚《め》し賜いて
ちはやぶる　人を和《やわ》せと
まつろわぬ　国を治めと

皇子《みこ》ながら　任《ま》け賜えば

つまり高市皇子が全軍の指揮権をゆだねられるところまでとした。

ここでは大王である天武天皇はすでに神となって磐隠《いわがくれ》（死んで陵の石室に葬られた）した人として登場する。このことは現在（高市皇子の死のころ）から振り返って壬申の乱を回顧した想定での語りになっているから、天武天皇が過去の人であることを示す必要があったのである。

第一の語りでは、大王が

背友《そとも》の国（背面の国、北の国で美濃国をさしている）の
真木《まき》立つ　不破山《ふわやま》越えて
高麗剣《こまつるぎ》　和射見《わざみ》（和蹔）が原の
行宮《かりみや》に　天降《あも》り座《いま》して
天の下　治め賜い
食国《おすくに》を　定め賜うと

とある。和射見が原の行宮とは『日本書紀』がいう野上の行宮であろう。このように第一の語りでは、高市皇子が壬申の乱で統帥権をあたえられるまでを述べているのである。第二の語り。高市皇子の壬申の乱での活躍ぶり、雄姿を詠みつづけている。

大御身《おおみみ》に　大刀《たち》取り帯《お》ばし
大御手《おおみて》に　弓取り持たし
御軍士をあどもい（かけ声をかける）賜い　斉《ととの》うる　鼓《つづみ》の音は
雷《いかずち》の　声《おと》と聞くまで
吹き響《な》せる　小角《おづの》の音も
敵《あた》見たる　虎か吼《ほ》ゆると
諸人《もろひと》の　おびゆる（怯える）までに
ささげたる　幡《はた》の靡《なび》きは
冬ごもり　春さり来れば
野《の》ごとに　著《つき》てある火の
風の共《むた》（風と一緒に）　靡《なび》くがごとく
取り持てる　弓波受《ゆはず》（弓弭）の騒《さわき》

み雪落つ　冬の林に
飃《つむじ》（旋風）かも　い巻き渡ると
念《おも》うまで　聞きの（聞くのも）恐《かしこ》く
引き放つ　箭《や》の繁《しげ》けく
大雪の　乱れて来《きた》れ
まつろわず　立ち向いしも
露霜の　消《け》なば消《け》ぬべく
去《ゆ》く鳥の　あらそう端に
渡会《わたらい》の　斎宮《いつきのみや》ゆ
神風《かむかぜ》に　い吹き惑《まど》わし
天雲《あまくも》を　日の目も見せず
常闇《とこやみ》に　覆い賜いて
定めてし　水（瑞）穂の国を

までである。
壬申の乱の激しい戦のなか伊勢神宮の加護によって神風が吹き、大海人軍が勝利をおさめ、瑞穂の国の基礎ができたのである。

第三の語り。非常に短い。この短い部分で壬申の乱後に高市皇子のたどった生涯を語ろうとした。

神《かみ》ながら　太敷き座《ま》して
やすみしし　わご大王の
天の下　申し賜えば
万代《よろずよ》に　然《しか》しもあらむと
木綿花《ゆうはな》の　栄ゆる時に
わご大王　皇子《みこ》の御門《みかど》を
神宮《かむみや》に　装いまつりて

注目されるのは「吾大王　皇子之御門乎口神宮尓装束奉而」の表現である。ここでの「吾大王」は父の天武天皇をさすとみるより、吾が大王である高市皇子とみる。そうすると「皇子の御門」とは高市皇子の邸宅（皇宮）と読めるのである。

この御門とは第四の語りにでている「わご大王の　万代と　念ほしめして　作らしし

香来山の宮」とある香具山の宮であろう。

天武天皇の在世中に発案されたとおもうけれども、浄御原宮の少し北方の藤原の地に、わが国で初めての中国式都城としての宮造りの実現に持統天皇は努めた。持統四年（六九〇）に「高市皇子、藤原の宮地を観る。公卿百寮従う」と『日本書紀』にあるのは、造営中の藤原宮を見た記事であろう。この直後に持統天皇も藤原に幸《こう》して宮地を観ている。

持統天皇の七年（六九三）に高市皇子は浄広壱の高い位を授けられている。おそらく藤原宮の工事が大半終ったことへの褒賞であろう。

持統天皇の八年（六九四）に天皇は藤原宮に遷っている。その二年のちに後皇子尊といわれた高市皇子は亡くなったから、高市皇子も晩年に心血を注いで造営した藤原宮内の邸宅にわずかの期間は過ごしたのであろう。

ぼくは人麻呂が高市皇子の御門とか香来（具）山の宮と詠んだのは藤原宮のこととみてよいとおもう。どうやら人麻呂は持統天皇の行状をよいとは考えずに、かなり無視していた節がある。持統天皇も人麻呂をそれほど優遇しなかったのではないかということが、この挽歌から推測できる。

第四の語り。高市皇子の殯宮での様子を語った個所である。（皇子の御門を神宮として整えた。しかしながらそこで）

使わしし　御門の人も
白妙《しろたえ》の　麻衣《あさごろも》きて
埴安《はにやす》の　御門の原に
赤根（茜）さす　日のことごと
鹿《しし》じもの　い匍《は》い伏しつつ
ぬばたまの　暮《ゆうべ》になれば
大殿《おおとの》を　ふり放《さ》け見つつ
鶉《うずら》なす　い匍いもとおり
侍《さもら》えど　侍い得ねば
春鳥の　さまよいぬれば
嘆きも　いまだ過ぎぬに
憶《おも》いも　いまだ尽きねば
言《こと》さえく　百済の原ゆ
神葬《はふ》り　葬りいまして
朝毛（麻裳）よし　木（城）上の宮を

常宮《とこみや》と　高く奉《まつ》りて
神ながら　安定《しず》まりましぬ
然れども　わご大王の
万代と　思おしめして
作らしし　香来（具）山の宮
万代に　過ぎむと念《おも》えや
天の如　ふり放け見つつ
玉手次《たまたすき》（襷）かけて偲《しの》ばむ
恐《かし》こかれども

挽歌として語りあげた段落であるが、格調の高さに、読んでいて打たれる。皇子の御門で働いていた者が当時の喪服としての白色の麻衣を着ていたとする描写から皇子の死を語りだしている。余談になるが、今日の喪服といえば男女とも黒に統一されている。でも昔は、染めた色のつかない白い着物だった。数十年前、韓国の田舎で何度かお葬式に出くわしたが、参列者は一様に白い麻の衣をまとっていて、日本との違いに驚いたことがある。なお「皇子の御門を　神宮に　装いまつりて」の神宮を殯宮と解釈する人もいるが、ぼくは皇宮と解した。そうでないと生前暮らした邸宅を殯宮に転用したことになり、城上の殯宮と場所が食い違うことになる。
第四の語りは高市皇子の葬儀に関する個所である。まだ殯宮を設けた城上へ屍を移すまでで、香来（具）山の宮とか埴安の御門の原とよばれた藤原宮内の高市皇子の邸宅での様子とみられる次の一節が注目される。

赤根（茜）さす　日のことごと
鹿《しし》じもの　い匍い伏しつつ
ぬばたまの　暮《ゆうべ》になれば
大殿《おおとの》を　ふり放《さ》け見つつ
鶉《うずら》なす　い匍いもとおり
侍《さもら》えど　侍い得ねば

これは麻の白い喪服を着た高市皇子の舎人や資人《つかいびと》たちが昼も夜も亡骸に奉仕していた時の様子についての描写である。この個所は鹿や鶉《うずら》になぞらえた譬喩的な語りなのか、それとも鹿や鳥に仮装して匍匐《ほふく》する行為があったかのどちらかだろう。

人物埴輪《はにわ》のなかには、頭に鹿の角をつけ鹿皮の衣を着て跪座《きざ》する男子の埴輪（茨城県出土と伝える）や、頭を水鳥（鳰鳥《におどり》か）の姿に作った男子の埴輪（埼玉県東松山市の岩鼻古墳出土）などがあって、鹿や鳥に仮装する習俗が考えられる。

二〇一〇年四月二四日から六月二〇日まで、橿原考古学研究所の付属博物館で「大唐皇帝陵展」がおこなわれた。

唐代の追諡《ついし》皇帝陵の一つの恵陵から出土した男子の跪拝俑《きはいよう》を面白く思った。跪拝俑とはより正しくいえば匍匐《ほふく》俑《よう》とよばれるように、這《は》い蹲《つくば》った姿勢である。外からは見えないが素足で足の裏を地につけているという。日本の終末期古墳の時期ごろの俑であり、ことによると人麻呂が詠んだ習俗は唐代に流行した仕来りの影響であろう。この個所についてはさらに今後の研究が待たれる。

以上の人麻呂の高市皇子の挽歌によって、『日本書紀』では簡略化してしまっている壬申の乱後の高市皇子についてぼくなりに推理することができた。どうやら人麻呂が天武天皇にたいして懐いていた感情も心からの心酔ではなかったようだし、まして持統天皇にたいしては溝があったように感じた。そのこともあって人麻呂は高市皇子の生きざまに共感するところが多く、次の天皇にふさわしいという考えを持ちつづけていたのであろう。

この項の最後に二〇二の檜隈女王《ひのくまのおおきみ》が詠んだ歌をとりあげたい。この歌の左註には「右一首、類聚歌林《るいじゆうかりん》に曰わく、檜隈女王《ひのくまのおおきみ》、泣澤神社を怨むる歌なりという。日本紀を案ずるに云《い》わく、十年丙申の秋七月辛丑の朔の庚戌、後皇子尊《のちのみこのみことこう》薨ずという」。

檜隈女王については史料からは詳しいことは知りえないが、この歌の内容から高市皇子の妃の一人で渡来系の出自（東漢氏）だったかとみられる。二〇二の歌は次の通りである。

哭沢《なきさわ》の　神社《もり》に三輪（三輪の神酒《みわ》）すえ　禱祈《いの》れども　わご王《おおきみ》は　高日知らしぬ

高市皇子の病が重くなったとき、妃の一人とみられる檜隈女王が哭沢《なきさわ》の神社に祈った。哭沢の神については、『日本書紀』のイザナキとイザナミの四神出生章の、第六の一書にでている。すなわちイザナミが火神であるカグツチを出産したとき、イザナミは焦《や》かれて死んだ。これを悲しんだイザナキは、屍のよこに匍匐《はらば》う姿となって哭き悲しみ涙を落した。この涙が神となったのが、畝丘の樹（不詳）の下に居わす神で啼沢女命というとある。

啼（哭）沢の女神は、香久山のふもとの橿原市木ノ本町に哭沢の森があり、『延喜式《えんぎしき》』神名帳《じんみようちよう》の大和国十市郡の十九座のなかに畝尾都多本《つたもと》神社が鎮座していて、啼沢の神を祀っている。藤原宮の至近の地で、高市皇子の病の平癒を祈願した神社としてはふさわしい。日本神話の国土創造の男女神のうちのイザナキの涙から生まれたのが哭沢の神であり、イザナキと高市皇子を重ねあわせたところから高市皇子の死にさいして祀られたのかとも考える。

余談になるが、イザナキの墓は淡路にあるという（『日本書紀』）。この墓は『延喜式』神名帳に名神大社としてでている淡路伊佐奈伎神社である。このほか『延喜式』神名帳の大和国城上郡の三五座のうちに伊射奈岐神社があり、今日では天理市の行燈山《あんどんやま》古墳（崇神《すじん》陵）の陪墳の位置にある天神山古墳を拝む位置に社殿がある。なお『古事記』では伊邪那岐大神は淡海（近江）の多賀に坐すとある。坂田郡の多賀神社のことである。壬申の乱で決戦のおこなわれた息長《おきなが》の横河に近いことは注意してよい。いずれにしてもイザナキへの信仰がいつまで遡るかなど研究課題は多い。

第四章　持統太上天皇晩年の三河行幸

一　天武の皇后から大内陵に葬られるまで

鸕野《うの》皇后は大海人皇子の妃の一人だった。大海人皇子が大津宮を去って吉野にこもったとき、大海人に従ったのは鸕野皇女だけだったとみられる。正妃の立場にあったのは確かだろう。

六七二年に吉野を脱出した大海人と鸕野皇女は行動を共にした。やがて壬申の乱が始まると積極的に戦に関与し、その様子は「遂に興《とも》に謀を定む」と『日本書紀』は記している。軍議にも加わったとみられる。

大海人皇子は壬申の乱で勝利をおさめ、即位して天武天皇になり、鸕野皇女は皇后となった。天武天皇が亡くなると実質的に政治を司った（称制）。

鸕野皇后は自分が大津宮で生んだ草壁皇子を皇位継承者にしようと決心していて、そのためもう一人の皇位継承者とみられていた、草壁皇子とは異母兄弟の大津皇子を謀反のかどで処刑してしまった。このことに関しては前に説明した。

すさまじい母性愛である。だが鸕野皇后の期待通りには事は運ばず、病弱の草壁皇子（皇太子）は病死してしまった。

草壁皇子が亡くなる直前には天武天皇を大内陵に葬っていたので、持統天皇四年（六九〇）正月に即位の儀式をおこない持統天皇が誕生した。

持統天皇は高市皇子を責任者として藤原宮の造営を開始した。高市皇子も天武天皇の子であるが、母は筑前の豪族胸《むな》（宗）形君徳善《かたのきみとくぜん》の娘の尼子娘《あまこのいらつめ》である。

ところで藤原宮の造営の発案者は、史料はないけれども天武天皇だったとみられる。このようにして藤原宮の造営が進むなか持統天皇が伊勢行幸をおこなった。伊勢行幸やその後の三河行幸については先で述べる。持統天皇は六九六年に藤原宮に都を移し、その翌年に草壁皇子の子の軽皇子《かるのみこ》に譲位した。文武《もんむ》天皇の誕生である。軽皇子は即位したけれども持統は太上天皇《だいじょう》（のちの上皇）として政治への関与をつづけた。

持統太上天皇は大宝二年（七〇二）に亡くなった。持統の生前の意思によるとみられるけれども、翌年十二月に飛鳥の岡で火葬がおこなわれ、夫の眠る大内陵に合葬されている。合葬は当時の夫婦がおこなうことを理想とした。だが大内山陵（考古学でいう野口王墓）の石室は広くなく、もう一つの棺を納めることは無理である。そのことから天皇として最初の火葬をうけることになったとぼくは考えている。火葬では焼いた骨を蔵骨器にいれるので、遺体の嵩《かさ》が減る。

二 『萬葉集』の持統天皇の歌

自分の姉の子である大津皇子に謀反の罪をかぶせて殺させた鸕野皇后（のちの持統天皇・太上天皇）ではあったが、やさしそうな歌を『萬葉集』にのこしている。次の二首はぼくが少年のころ秀歌とおもった歌である。

春過ぎて　夏来《きた》るらし　白妙《しろたえ》（栲）の　衣乾《ころもほ》したり　天の香来山（二八）

解説ぬきで意味のわかる歌である。標題に「藤原宮に天の下知らしめしし天皇の代」とあり、さらに細註として「高天原広野姫《たかまのはらひろのひめのすめらみこと》天皇、元年丁亥の十一年、位を軽太子《かるのひつぎのみこ》に譲る。尊号を太上天皇と曰《い》う」と書く。香来山は浄見原から眺められるが藤原宮からの姿も美しい。奈良盆地全体を南北に貫いて三道を計画するにさいしてこの山の頂上を、中ツ道が通過していて、ヤマトの臍のような聖なる山である。

もう一つは二三六の歌で持統天皇の作と考えられている。題詞に「天皇、志斐《しひ》の嫗《おみな》に賜う御歌一首」とある。

不聴《いな》と云えど　強《し》ふる志斐のが　強語《しひがたり》　このころ聞かずて　朕《われ》恋いにけり

志斐は宮中に仕えた女官で通称だろう。椎の実からついたのであろうか。その年老いた女官は物識りでいろいろな話を天皇に聞かせた。この歌にこたえた志斐の歌がすぐ後につづく（二三七）。

不聴と謂《い》えど　話《かた》れ話れと　詔《の》らせこそ　志斐いは奏《もう》せ　強話《しひがたり》と言う

私はいやだというのに語れ語れとおっしゃるから志斐はお話し申しているのです。（それなのに）強話とは。

三　持統天皇の伊勢行幸の謎

持統天皇が一番よく訪れたのは吉野宮であり、その回数は三〇度に及んでいる。吉野は大海人皇子が大津宮を脱出して拠点とした土地で持統にも思い出深い土地だった。

それに加え吉野宮があったと推定される宮滝の地は、吉野川のなかに巨岩が累々と横たわり、そこを流れる水は清冽である。しかも上流には名神大社の丹生川上神社が鎮座し、宮滝を流れる川の水には不老長寿に効能ありと信じられた丹《たん》がまじっているという信仰があった。つまり吉野宮とは不老長寿の聖地だったのである。

吉野といえばヤマトでも辺鄙な土地とおもわれやすいが、吉野宮の地は縄文時代や弥生時代の宮滝遺跡があって、長期にわたっての拠点集落があった。東へ道をとると伊勢、西への道をとると紀伊、南へ行くと熊野、北は奈良盆地というように交通の要衝だった。それにしても持統は旅好きだった。

持統六年(六九二)二月に伊勢行幸が発表された。すると中納言の三輪朝臣高市麻呂《みわのあそみたけちまろ》が天皇に表(手紙)をだし、〝伊勢行幸は農時を妨げるので中止した方がよい〟と直言した。三輪氏は大神《おおみわ》神社の祭祀を司る生え抜きのヤマトの豪族で、伊勢行幸への反対は、農業に支障がでる以外に理由があったとみられる。このことにはさらに先で私見を述べる。

三輪朝臣高市麻呂の反対にもかかわらず、翌月には留守官が任命された。そこで高市麻呂は冠を脱いで、つまり職を賭して重ねて伊勢行幸を中止するように諌めたが、持統は伊勢行幸を決行した。『日本書紀』の記事はなおも続くけれども、先にこの時の行幸にお供した人が作った歌を『萬葉集』でみておこう。

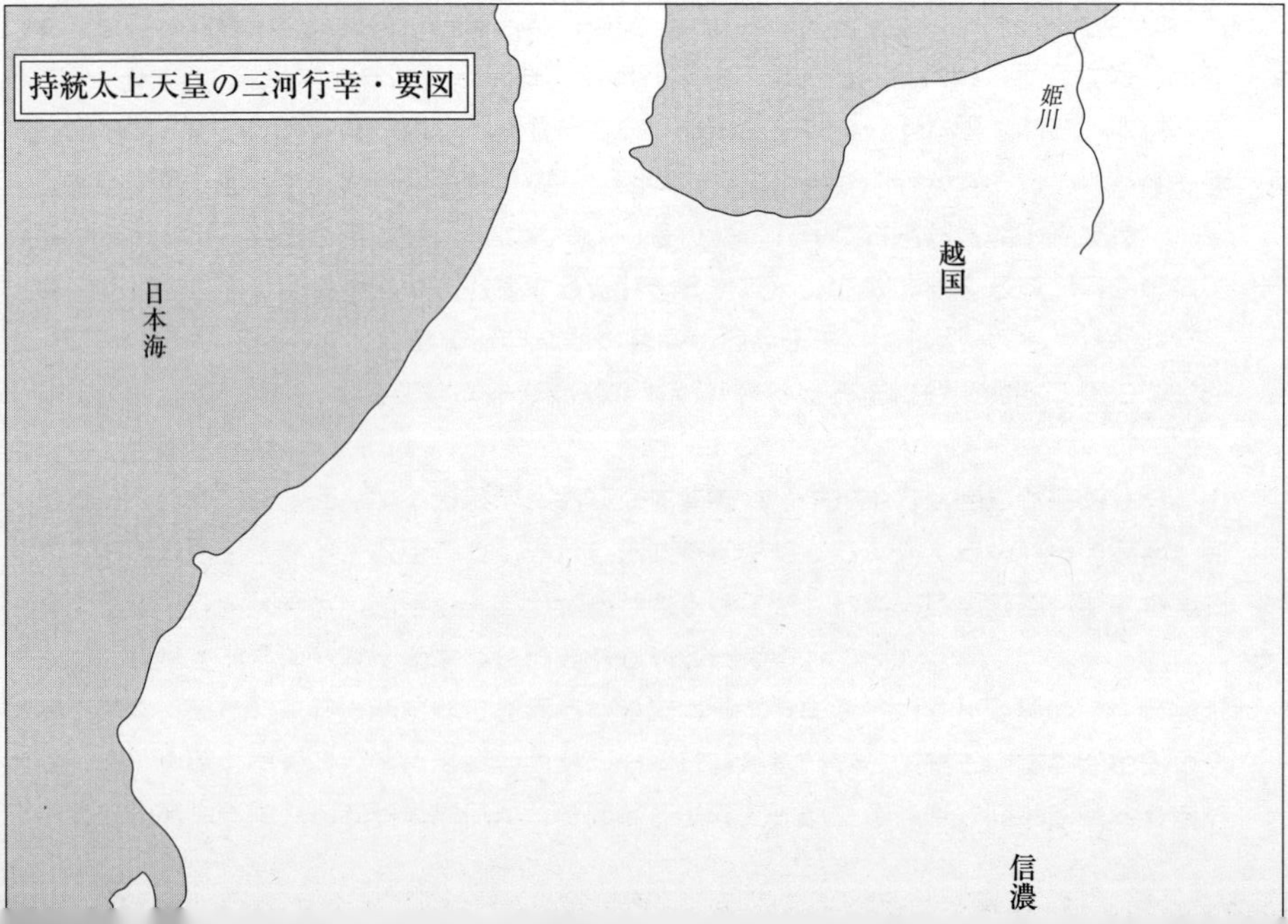
持統太上天皇の三河行幸・要図
日本海
越国
姫川
信濃

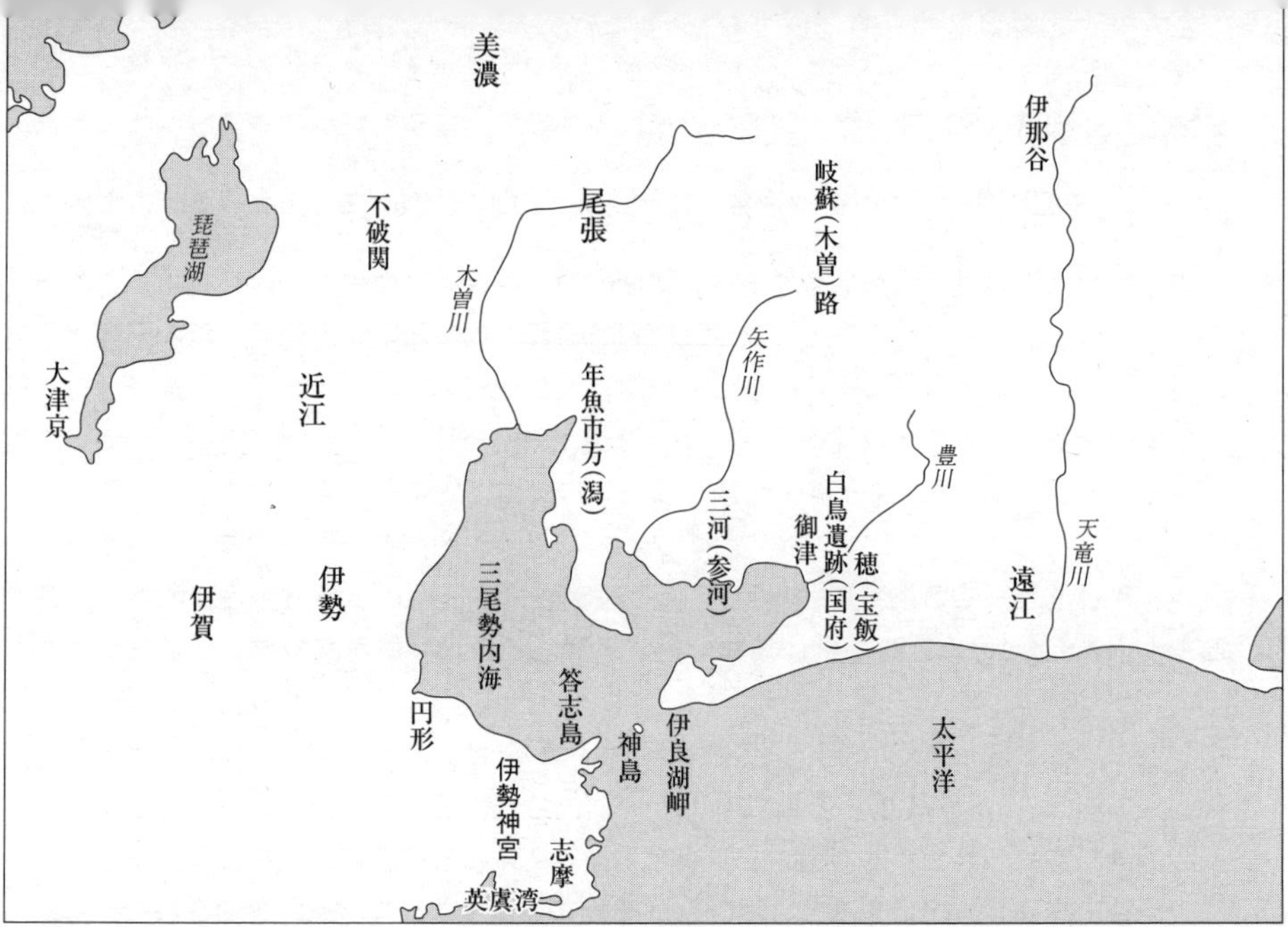
美濃
伊那谷
岐蘇(木曽)路
尾張
不破関
琵琶湖
木曽川
矢作川
大津京
近江
年魚市方(潟)
豊川
白鳥遺跡
穂(宝飯)
三河(参河)
御津
(国府)
天竜川
遠江
伊勢
伊賀
三尾勢内海
答志島
円形
神島
伊良湖岬
太平洋
伊勢神宮
志摩
英虞湾

持統六年春の伊勢行幸では、持統天皇は和歌をのこしていない。どういう理由があったのか、柿本人麻呂は行幸には参加しなかった。だが「伊勢国に幸《いでま》し時、京《みやこ》に留《とどま》れる柿本朝臣人麻呂の作る歌」とする題詞をもつ三首（四〇～四二）がのっている。

三首ともに地名がでている。四〇の「鳴呼見《あみ》の浦」、四一の「手節《たふし》の埼」、四二の「五十等児《いらこ》の嶋」である。

「鳴呼見の浦」は見を児の誤りとみて、阿胡つまり英虞《あご》とするのが有力であろう。「手節の埼」は答志《とうし》島の先端であろう。「五十等児の嶋」は渥美半島先端の伊良湖岬であろう。海上をいくと半島先端が島に見えることはよくある。

人麻呂が伊勢行幸を偲んで作った三首には、いずれも志摩半島から三尾勢《さんびせい》の内海（ぼくは伊勢湾という語は使わない）の島や半島先端が詠まれている。ことわっておくが奈良時代になると志摩国は伊勢国から分離するが、持統天皇のころはまだ伊勢国の一部だった。因みに志摩国となってからは答志郡と英虞郡の二郡だった。

人麻呂の三首はともに旅を行く女性の苦労が詠みこまれているが、四二が有名である。

潮騒《しおさい》に　五十等児《いらご》（伊良虞）の島辺　漕ぐ船に　妹《いも》乗るらむか　荒き島廻《しまみ》を

人麻呂がこの歌を作るより前に、志摩から三尾勢の内海を船で伊良虞まで行った経験があるのかどうかは知らないが、この道筋は近畿から東国へ向う最短ルートである。ただし三尾勢の内海の神島の周辺は海が荒れることで有名で、潮騒の言葉が生まれた。なお『萬葉集』では「潮左為」にしていて潮騒の字はまだ生まれていなかった。

『日本書紀』では伊勢行幸としているが、先の記事を読むと疑問がわいてくる。三月十七日の記事では「過ぎます神郡、及び伊賀・伊勢・志摩の国造らに官位を賜い、并せて今年の調役を免し、また供奉れる騎士、諸司の荷丁・行宮造れる丁の今年の調役を免し天下に大赦す」とある。このなかの神郡とは伊勢神宮のある度会《わたらい》、多気《たけ》の両郡である。おそらくそれぞれの郡司だろう。

この記事のあと「車駕、宮に還る」とある。注意してよいのは「近江・美濃・尾張・参(三)河、遠江らの国の供奉れる騎士の戸、及び諸国の荷丁、行宮造れる丁の今年の調役を免す」の記載である。

もし帰りも往きと同じ道筋をとったとすると、近江・美濃・尾張・参河・遠江の人たちがお供をしたり行宮造りに動員されることはないはずであり、この時の伊勢行幸の本当の目的は参河か遠江行きだったとぼくはみる。参河と遠江はいずれ述べるように信濃へ行くための重要な海の拠点であり、尾張・美濃・近江は持統が帰りに陸路をとって通過した国々とみられる。この旅で持統は、遠江よりも参河に拠点(行宮)を造ることを決心したとみられる。

三輪高市麻呂が職を賭して行幸の中止を直言した背景は、参河や遠江に原因があるとぼくはみており、その結果は次に述べる、持統の死の直前に決行された参河行幸になるのであろう。なお『萬葉集』にはこの時の行幸に従っての作との左註のある石上《いそのかみ》大臣（『萬葉集』の表記）の歌（四四）があるが、臨場感に乏しく取りあげないでおく。石上大臣は石上麻呂のこととみられる。麻呂は壬申の乱では近江側に加わった物部連《もののべのむらじ》麻呂のことである。なお持統六年に、もと物部連であった石川麻呂が参河行幸に加わっていることには、後でもう一度ふれることになる。

四　天武天皇の信濃遷都計画と持統太上天皇の参河行幸

持統六年（六九二）に三輪朝臣高市麻呂の直諫をふり切って強行した持統の伊勢行幸は、伊勢神宮への参拝が目的ではなく、参河、遠江を視察することが真の目的であったことはすでに述べた。

この旅の途中に阿胡（英虞）行宮《かりみや》に滞在していた時、贄《にえ》を進めてきた紀伊国牟婁《むろ》郡の阿古志海部《あまべ》河瀬麻呂ら兄弟三戸に十年の調役や雑役に服すことを免じ、さらに河瀬麻呂らに属していたとみられる挾取《かじとり》（船頭）八人も今年の調役を免じられている。

このときの伊勢行幸の目的が伊勢神宮の参詣にあったのであれば、大々的に船で航行する必要はない。荒海になれた熊野の海人によって三尾勢の内海の口の個所を横断して参河へ至ったことを物語っているとみられる。なお阿古志は地名かとみられるが未詳である。

話は天武天皇の時代に遡る。この時代は天智天皇の二年（六六三）に朝鮮半島の西海岸の白村江《はくすきのえ》において、倭国と百済の連合軍（水軍）が唐と新羅の連合軍（水軍）に大敗して以来、緊張した国際情勢をひきずっていた。白村江の敗戦のあと百済は滅亡したし高句麗も滅亡した。さらに壬申の乱の直前に唐が二千人あまりの集団（兵士らか）を筑紫に派遣しようとしたことには前にふれた。つまり倭国は大陸とは海で隔たっているとはいえ、外圧が強まってきていた。

天智天皇が都を倭《やまと》の飛鳥から近江の大津宮に遷したのも外圧の影響とみられるし、倭の飛鳥に都をもどした天武天皇も外圧が気がかりだったとみられる。その表れとみられるのは、天武十三年（六八四）二月に三野（美濃）王や采女《うねめ》臣筑羅《おみちくら》らを信濃に遣わし、地形を看させている。『日本書紀』は「この地を都とせんためか」と付言している。四月になると三野王らは信濃国の図（地図）を進《たてまつ》った。

信濃国は周囲を山で囲まれ海には面していない山国である。山国とはいえ海とは川によって結ばれていた。

信濃国でも北半分は信濃川や姫川によって日本海に出られるし、南半分は天竜川や木曾川によって太平洋に出られる。さらに三尾勢の内海に河口をもつ矢作川《やはぎがわ》や豊川の上流は信濃の国境近くまで達し、あとは比較的低平な峠を越すと信濃の伊那（奈）郡に至る。信濃から馬が運ばれてくる道でもある。ぼくは天武天皇が信濃国に都を移そうとしたのは伊那郡だったと推測している。

藤原宮の造営も天武天皇が発案したとみられるが、持統天皇が高市皇子の協力によって造都を完成し遷都をおこなった。このことを考えると持統天皇も信濃国に都を造ることを真剣に考えたとみられる。とくに少年の軽皇子が即位して文武天皇となると、信濃にも都をもつことを強く考え始めたとみられる。太平洋戦争末期にも長野県に都の機能を移そうという計画があった。

持統六年の名目上の伊勢行幸とは、信濃へ至る入口として、遠江と参河のどちらがふさわしいかを自分の目で確かめるのが目的であったのであろう。三輪高市麻呂が官を賭して持統の行幸に反対した本当の理由は、倭《やまと》の地が都でなくなることを恐れての反対だったのであろう。

持統太上天皇は死の直前の大宝二年（七〇二）十月に参河行幸を再度決行した。『続日本紀』にはこの回の行幸については簡単な記事をのせているだけだが、随行者五人が作った五首の歌が『萬葉集』巻第一にでていてかなりのことが分かる。五首の題詞に「二年壬寅、太上天皇《おおきすめらみこと》の参河国《みかわのくに》に幸《いでま》し時の歌」とあって、途中に伊勢国は通過したけれども、今回はずばり参河への行幸であることを示している。

五人の随行者とは、五七の長忌寸奥麻呂《ながのいみきおくまろ》、五八の高市連黒人、五九の誉謝女王、六〇の長皇子、六一の舎人娘子《とねりのおとめ》である。このうち地名が詠みこまれているのは五七、五八、六一の三首であり、これらをここでは対象にする。

持統太上天皇の一行は倭《やまと》から伊賀を通って伊勢の今日の松阪までは陸路をとった。普通に三尾勢の内海を航行するには、志摩から答志島と神島の横を通り、渥美半島先端の伊良湖を目ざし、あとは渥美半島沿いに北上するのが安全な航路である。前回はそのルートをとった。今回は急ぐ旅のためか松阪の円形《まとかた》から出航し、三尾勢の内海を横断して参河の御《み》津《と》を目ざしたのである。まず六一の歌からみよう。

大夫《ますらお》の　得物矢手挿《さつやたばさ》み　立ち向い　射《い》る円形《まとかた》は　見るに清《さや》けし

円形は地形から考えると、海岸沿いにあった丸い的《まと》のような形の潟だったのだろう。『伊勢国風土記』逸文《いつぶん》にも「的形の浦は、この浦の地形、的に似たり。因りて名と為せり。

今はすでに跡絶えて江湖と成れり」として『萬葉集』の六一の歌をのせている。ただし作者を「天皇」としてしまっている。

円形の地は今日の松阪市垣内田町のあたりと推定されている。ここには『延喜式』神名帳の伊勢国多気郡にある五十二座のうちの服部麻刀方《まとかた》神社二座があった。二座というのは服部と麻刀方（円形）の神であろう。

円形は櫛田川河口の右岸にある。櫛田川の水源は高見峠で、この峠を越えるとヤマトの吉野の宮滝遺跡がある。つまり紀伊半島の基部を東西に走るのが紀の川（上流は吉野川）と櫛田川で、陸上交通の大動脈なのである。因みに櫛田川河口の南方には斎宮、さらに伊勢神宮があり、吉野川と紀の川河口の南方には八咫鏡《やたのかがみ》を伊勢神宮と分有したという日前神《ひのくま》社と国懸《くにかかす》神社がある（『古語拾遺』）。

円形の近くには、伊勢神宮に奉仕するために天皇が派遣した斎王の滞在する斎宮があった。広大な規模をもった政府の官衙《かんが》であった。注意してよいのはこの地には金剛坂遺跡という弥生時代の拠点遺跡があるから、古くから伊勢にとっては重要な土地であった。

松阪市には宝塚古墳という五世紀代の前方後円墳がある。伊勢最大の前方後円墳で、造り出し（被葬者を祀るための方形の出っ張り部分）から豪族が海を巡行したときの様子をあらわした飾り舟の埴輪が出土したことは記憶に新しい。五世紀代には三尾勢の内海を航行する船の拠点（津、港）が松阪にあったと推定され、円形の津との関係または前史をさぐるうえで重要である。

六一の歌に戻る。「大夫の得物矢手挿み立ち向い射る」までは円形（方）つまり的形を形容する言葉だから、円形の地を見ると清々しい気持ちになるというだけの意味である。歌の内容は簡単だが持統の参河行幸の海の出発地点を伝えてくれているうえで歴史的には有難い歌である。

大宝二年の参河行幸では長忌寸奥麻呂も五七の歌をのこしている。

引馬野《ひくまの》に　におう榛原《はりはら》　入り乱れ　衣《ころも》におわせ　旅のしるしに

引馬野は通説では愛知県豊川市御津町御馬《みとちようおんま》付近である。八世紀初頭のこの地域の遺跡の在り方からもその説でよいとみる。現在の御馬は音羽川河口の右岸にあって、古代にはここに潟状の津があったのであろう。「ミト」は字では御津と書くけれども、発音や意味から考えると潟の海への出入口の水戸だったとおもう。二万五千分の一の地図の「小坂井」によると、御津町御馬から国府のあった豊川市国府町まで音羽川の右岸にそって延びる直線道路がある。ぼくは古道の名残かとみている。

『東海の万葉歌』の「引馬野」の項によると、古くは引馬だった地名が鎌倉時代に御馬に変り今日に至ったという。この項は竹尾利夫氏の執筆である。

御津の地名は、これも後で述べる参河国の国府、国分寺、国分尼寺などにとっての外港のあったところで、津に尊称をつけて御津としたのである。御津の御馬が近世には米の積出し港（御馬湊）として栄えたのは、古代以来のこの地の役割がつづいていたからであろう。

五七の歌で詠まれた榛は榛《はり》の木のことで、ハンの木ともいう落葉樹である。二月ごろに花をつけて実を結ぶ。行幸のあった十月にはまだ沢山の赤い実が木にのこっていたのだろうか。樹皮や実を染料に使った（榛染《はりぞめ》）。

歌の後半の「衣におわせ　旅のしるしに」は旅の記念に榛の染料で衣を染めようというのであろう。巻第七の雑歌《ぞうか》に「摂津にて作る」二十一首があって、一一五六に榛で摺った衣がでている。

住吉の　遠里小野《とおさとおの》の　真榛《まはり》もち　摺《す》れる衣《ころも》の　盛り過ぎゆく

住吉の遠里小野は近くに同名の大きな海村遺跡としての遠里小野《おりおの》遺跡があるし、東方至近の地に六、七世紀の朝廷の園池とみられる依羅《よさみ》（網）池がある。

遠里小野は上町《うえまち》台地の基部に近いが、上町台地の土層中にある黄色土も染料として珍重された。一一五六の歌の「摺れる衣」から、すでに文様を彫った型板が使われていたのであろう。

五八は持統太上天皇の参河御幸にお供した高市連黒人が詠んだ。

何所《いづく》にか　船泊《ふなは》てすらむ　安礼《あれ》の埼《さき》　漕《こ》ぎ廻《た》み行きし　棚無《たなな》し小舟《おぶね》

これは御津についた行幸の一行が御津の地にあった安礼の埼（今日はない。砂州の先端の地名と推定される）の海を漕いでいる棚無し小舟を見て詠んだ歌である。海人が漕いでいる小舟をとくに棚無し小舟といったのは、行幸の一行が利用したのが棚あり（付き）の舟だったことをいったのであろう。

棚とは構造船もしくは準構造船の船体の補強材として渡した板のことだとみられる。巻第一での持統太上天皇の参河行幸での歌で、地名のわかるのは以上の三首であるが『萬葉集』のほかの個所でもこの時の行幸にさいしての歌がある。

高市連黒人は『萬葉集』全体で一八首の歌をのこしていて、持統太上天皇の吉野行幸でもお供して歌をのこしている。下級の役人とみるより柿本人麻呂に似た宮廷歌人とみられる。

とくに巻第三に「高市連黒人の羈旅《たび》の歌八首」がのせられていて、そのなかには大宝二年の持統太上天皇の参河行幸の帰途に詠んだとみられる歌も混じっている。

八首のなかの二七六を取りあげよう。この歌では御津と参河国府とを結んだと推定される二見の道が詠まれている。行宮造営のさいに同時に工事をしたとみられる計画道路であろう。

妹もわれも　一つなれかも　三河なる　二見《ふたみ》の道ゆ　別れかねつる

歌の大意は〝あなたと私は身も心も一つだから、三河の二見道のようには別れられない〟であろう。まだ推測の域だが、二見道は東海道と国府町付近で交差していて、それを別れ道として意識したのであろうか。

二七六の左註に面白い一文がある。「一本に云う、水河（参河）の二見の道ゆ別れなばわが勢（背）もわれも独りかも行かむ」

誰が詠んだ歌かは記されていないが、二七六の高市連黒人の歌に唱和したとみられている（『東海の万葉歌』の竹尾利夫氏による「二見の道」の項）。行幸の一行が目的地の参河国府（行宮）に到着したあとにひらかれた宴席で黒人がこの歌を披露したとき、同席の女性が即興で作った歌であろうか。

行幸の一行は参河より陸路をとって西へ進んだ。黒人は次に二七二の歌を詠んだ。

笠縫嶋と思われる梶島

志葉都神社の標識

四極山《しはつやま》　うち越え見れば　笠縫《かさぬい》の　嶋漕《こ》ぎかくる　棚無《たなな》し小舟《おぶね》

場所は違うが、五八の歌と似た、海人が漕ぐ棚無し小舟のある情景を読んでいる。『和《わ》名抄《みようしよう》』の参河国幡豆《はず》郡の磯泊の郷に「之波止《しはと》」の発音（訓み）をのせている。今日も幡豆郡吉良町の津平《つひら》に村社の志葉都神社があるのは志波止の遺称地であろう。丘陵上の端にあって見晴らしのよい土地である。なお藤原宮の土地から「之者津五十戸人」の木簡がでていて、之者津の里があったことがわかる。

三尾勢の内海の三河湾の北部には佐久島（木簡では折嶋）をはじめとする島が散在している。梶島、竹島、大島、前島、沖島などで、どの島を笠縫の嶋といったかは決めにくい。だが吉良町の幡豆神社から海を見下ろすと眼下に梶嶋が見える。菅笠のようなずんぐりした小島で、この島を笠縫嶋とよんだかとおもう。古代にはこの海域ではサメ（佐米）釣が盛んで都へ送っていた。

五　参河とくに国府のある宝飯（穂）の地

参河の国府は今日の豊川市国府町にあった。国府町では豊川市教育委員会による継続的な発掘によって八世紀の官衙遺跡の存在が確かめられてきて、白鳥遺跡とよばれている。白鳥には国衙にともなう総社があった。

白鳥遺跡では、初期（第Ⅰ期）に瓦葺の建物をもち、国府が存在したとおもわれる第Ⅱ期と第Ⅲ期には瓦葺でなくなったとみられ、第Ⅰ期の瓦葺建物が持統の行宮であった可能性が強い。さらに白鳥遺跡から東方へと延びる計画道路も建設されており、これは信濃へのもう一つの入口としての遠江国の浜松方面まで達していたと推定される。もっともどこかで東海道に合流したとみられるから、持統天皇の行宮にともなっての計画道路は、それほど長距離にわたっての工事ではなかろう。この道は宝飯郡の推定郡衙を通り、一部は人為的な盛土をし道幅は約一九メートルある。

なお国府から東方へ延びる計画道路を二見道とみる人もいるが、すでに述べたようにぼくは国府と御津との間の道を二見道と想定している。東方へ延びる道は遠江との連絡のために設けたものであろう。

ところで参河国とは、元は西参河が三（御）川の国で、東参河は穂国とよばれていた。『古事記』は開化天皇の孫の一人を「三川の穂別《ほわけ》の祖」としていて、漢字一字であらわした地域名が穂であったことが知られる。穂国に国造がおかれていたことは『旧事紀《くじき》』の「国造本紀《こくぞうほんぎ》」にも記されている。

この穂が律令体制になって宝飯《ほい》(飫)郡となった。穂といい宝飯といい豊かな生産力を示す地名とみてよかろう。なおこの地域の豊かな生産力とは稲作だけではないとぼくはみていて私見を述べたことがある。穂国の領域内の豊川下流の四カ所で計六個の銅鐸が出土しているのは、この地の古くからの繁栄を物語っている。八世紀代の宝飯郡はずっと北の信濃国境までだった。延喜三年(九〇三)に宝飯郡の北半分を設楽郡とした。だから元の宝飯郡は広大な地域に及んでいた。

宝飯郡を北から南へと流れる大河を豊川とよぶのも、この地の豊かさを示す古い地名とみてよかろう。豊川郷は八世紀の「平城宮木簡」に「□□国宝飯郡度□《津か》郷豊川郷」が見える。度津ならば渡津の減筆表記であろう。

このように考えると、参河の国府が西参河ではなく東参河の宝飯の地に置かれたことも合点がいくし、さらに国府東方の至近の地に国分寺や国分尼寺が営まれたことも納得できる。

東三河最大の古墳は、推定される国府跡の北西五〇〇メートルの位置にある船山古墳である。墳長約九六メートルの前方後円墳である。前方部先端が道路で切られているのは惜しまれるが五世紀後半の造営であろう。なお船山古墳は方墳の陪墳を配していたとみられ、堂々とした前方後円墳である。

この古墳は穂国の国造もしくは豪族の墓とみられ、この古墳の被葬者の末裔が国府や国分寺の位置選定に力を発揮したとみられる。おそらく持統天皇の行宮の造営に積極的に参画したのであろう。

持統天皇の行宮跡とみられる白鳥遺跡の第I期の建物跡からは、北野系とよばれる素弁の蓮華《れんげ》文軒丸瓦《もんのきまるがわら》が出土している。第I期の掘立柱式の建物の屋根を葺いていたものであろう。この瓦は国分寺の時期よりは古く、八世紀前半の瓦とみられる。

ところで北野系の丸瓦というのは、西参河の矢作川右岸の岡崎市北野町にある北野廃寺の瓦を標識として用いられている考古学用語である。この地は律令体制下では額田郡だった。

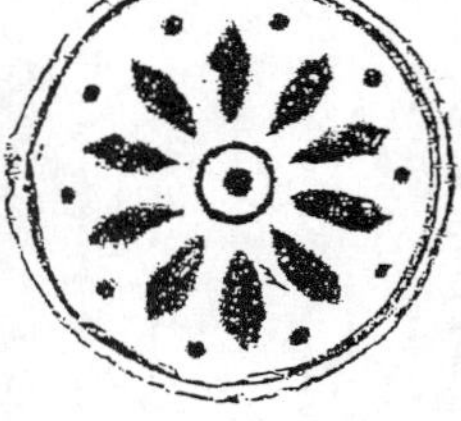

北野廃寺系軒丸瓦（白鳥遺跡）

北野廃寺は西参河最古の寺院址であって、飛鳥時代後期に建立され、四天王寺式伽藍配置だったと推定されている。物部守屋《もののべのもりや》の子真福《まさち》が建立したという古い伝承がある（「聖徳太子伝私記裏書」）。この伝承によると寺名も真福寺であったとみられている。

この伝承から参河の国造を物部連《むらじ》系と推測することもある。ぼくにはその当否はわからないけれども、もしそうであれば持統の参河行宮に北野廃寺系の瓦を調達したのは、西参河の物部氏系の豪族ということになる。持統六年の伊勢から参河への行幸に、すでに石上《いそのかみ》朝臣麻呂と名をかえていた物部連麻呂が加わっていたのはたんなるお伴ではなく、西参河の物部系豪族を行宮造りに参加させるためだったかとみられる。用明天皇二年（五八七）に河内の物部連守屋の勢力が没落したあと、石上氏が物部系氏族の宗家的な存在となっていた。

六　持統太上天皇の行幸の帰路を考える

大宝二年（七〇二）十月の持統太上天皇の参河行幸についての『続日本紀』の記事は簡単である。十月十日に「参河国に幸す」とあり、十一月十三日に「行て尾張国に至り尾治連若子麻呂・牛麻呂に姓宿禰を賜う。国守従五位下の多治比真人水守には十戸を封ず」とある。

行幸に随行した高市連黒人は、巻第三に「羇旅《たび》の歌八首」をのせていて、参河国府からの帰りは海岸に近い道をとり、まず四極山《しはつやま》から笠縫の嶋の海を漕ぐ棚なし小舟を詠んだ（二七二）ことはすでに述べた。

一行はさらに海岸ぞいを西へ進み、尾張の年魚市方《あゆちがた》（潟）の風景を詠んでいる（二七一）。

桜田へ　鶴《たず》鳴き渡る　年魚市方《あゆちがた》（潟）　塩（潮）干《ひ》にけらし　鶴鳴き渡る

年魚市潟は熱田神宮が鎮座する熱田台地のすぐ東方にあったとみられる潟で、そこから南東の作良《さくら》郷《ごう》（元の桜村）の方へ鶴が飛んで行く様子をとらえたのであろう。

年魚市は吾湯市とも書かれ、『日本書紀』では草薙剣について二度も「吾湯市村にあり」（神話の大蛇退治の説話の項）とか「尾張国の年魚市郡の熱田社に在り」（景行五一年条）としている。

年魚市、鮎市、吾湯市の表記は律令体制になると愛智（知）となり、ついには今日のように愛知県全域をいうのに拡大されていった。

ぼくの推定では、この潟のほとりに市がたって年魚市方（潟）のようによばれるようになったのであろう。尾張や伊勢から舟に乗った人の集まる市だったと推定される。

年魚市潟については、作者は未詳ながらもう一首が詠まれている（一一六三）。

年魚市方《あゆちがた》（潟）　塩（潮）干にけらし　知多《ちた》の浦に　朝漕《こ》ぐ舟も　奥《おき》に依《よ》る見ゆ

年魚市潟は知多半島の基部近くにあるから、知多の浦は海岸（常滑市などがある）の浦（漁村）をいったのであろう。年魚市の交易の範囲がこの歌に詠みこまれているとみられる。

『続日本紀』に戻る。十一月十七日、「行て美濃国に至り不破郡の大領宮勝木実に外従五位下を授く。国守従五位上石河朝臣子老に十戸を封ず」。このあと行幸は伊勢国と伊賀国を通って倭《やまと》に帰っている。伊勢国の国守の従五位上の佐伯宿禰《すくね》石湯も封十戸を賜っていて、十一月二十四日には「経過する所の尾張、美濃、伊勢、伊賀などの郡司および百姓に位を叙し禄を賜うこと各差あり」。二十五日には「車駕、参河より至り。駕に従える騎士の調を免ず」とあって、死を目前にひかえた持統太上天皇の参河行幸は終った。持統は翌十二月に病になり、二十二日に崩じた。参河行幸が終って一カ月弱で命は終った。おそらく苦しい旅であっただろう。

七　参河行幸の補足

大宝二年十月の持統太上天皇の参河行幸は、死を目前にひかえての決死の旅だったとみられる。倭を出発して伊賀をこして伊勢の円形（潟）から三尾勢の内海をこえ、参河の行宮（のちの参河の国府）の外港の御津で船を下り、すでに設けられていたと推定される二見の道で行宮へ行ったとみられる。持統はここに一カ月近く滞在し、南信濃と東美濃とを結ぶ岐蘇《きそ》（木曾）の山道の開通を急がせた。

南信濃（伊那谷）と東海をつなぐ道には、遠江から天竜川ぞいの山道や、参河の豊川や矢作川ぞいの山道（のちの飯田街道や伊那街道）があった。ここは古墳時代後期以降に信濃産の馬が運ばれていく道でもあり、すでに馬の通行も可能な道になっていたと推定される。

とはいえ倭から参河（ときには遠江）経由で南信濃へ行くには時間がかかり、緊急の用件を伝達する必要から最短距離の岐蘇山道の開設が急がれたのであろう。大宝二年十二月の「始めて美濃国岐蘇の山道を開く」の記事は、何とか人は通れるようになったことの報告とみられ、その報に接した直後に持統は不豫（重病）になり天下に大赦をしている。しかし二十二日に崩じたから、岐蘇山道開通の知らせに接したあと十二日めの死となった。

慶雲四年（七〇七）に持統が嘱望していた文武《もんむ》天皇が二十四歳の若さで死ぬと、父の草壁皇子のかつての妃で、文武天皇の母だった阿閉《あべ》皇女が即位して元明《げんめい》天皇となった。政治的な実績の多い名君だとぼくはみている。

元明天皇が即位して間もなくの和銅六年（七一三）七月に「美濃、信濃二国の堺、径道険隘にして往還艱難《かんなん》なり。仍りて吉蘇《きそ》路を通す」と『続日本紀』は記していて、木曾路が本格的に開通している。持統の強い意志を元明もうけついだとみてよい。

この項の終りに小さな疑問を一つ書く。すでに述べたことだが、『萬葉集』の巻第三に

「高市連黒人の羇旅《たび》の歌八首」がまとめてある。このうちの四首（二七〇、二七一、二七二、二七六）は大宝二年の持統の参河行幸に随伴したさいの歌とみられる。のこり四首もこの行幸の帰りの歌だろうか。

すでにふれたようにこの行幸の途中で持統は体調をくずし、急遽美濃の不破郡の垂井《たるい》から揖斐《いび》川ぞいの道（今日近鉄の養老線が走る）を南下し、北伊勢と伊賀を通って都へ帰ったと推定する。

考えられるのは行幸の随行者の人数が多いため、持統と少人数の者が都へ急いだのであろうか。もしそうだとすれば高市連黒人らは美濃から近江に入り、琵琶湖の北岸を舟で通り（二七三、二七四、二七五の）三首をのこしたのであろう。

二七三の歌には「近江《おうみ》の海《み》八十《やそ》の湊《みなと》に　鵠《たず》さわに鳴く」とあって、近江の琵琶湖には多くの湊があること、そこには鵠《くぐい》（白鳥）のいる情景を歌っている。二七五の高島の勝野原と二七四の比良はともに湖の西岸の名高い地名であり、舟は比良から東岸に渡り、あとは陸路をとって山背《やましろ》越えで都へ帰ったのであろう。「高嶋の三尾の勝野の奈伎左（渚）」は巻第七の「羇旅で作る」にも詠まれていて（一一七一）この項にも持統六年や大宝二年の持統行幸時の随伴者の歌が混じっているかも知れない。

二七七の山背の高の槻村（群）は、南山背の東寄りの道を通り、途中で綴喜《つづき》郡の多可

（高）の槻の群成を歌ったのである。山背の高は高麗（高句麗）人の拠点があり、地名の高はそれを簡略化表示したのであろう。

第五章　『萬葉集』の五—七世紀代の歌

一　雄略天皇の歌について考える

『萬葉集』で時代が遡りそうな歌は、巻頭の一番におかれた「泊瀬朝倉宮《はつせのあさくらのみや》御宇天皇代（大泊瀬稚武天皇《おおはつせわかたけのすめらみこと》）天皇の御製歌《おおみうた》」が頭に浮かぶ。泊瀬朝倉宮御宇天皇とは大長谷若建命ともいい雄略天皇のことである。『日本書紀』では「大泊瀬幼武天皇」と記し、雄略天皇の即位前紀に「壇を泊瀬朝倉に設けて即ち天皇に位す。遂に宮を定む」とある。泊瀬は長谷とも書く郷名で、律令体制では城上郡《しきのかみのこおり》にあった。城上郡と城下郡に分れる前は磯城《しき》（師木や志貴）という地域であった。このこともあって、一九七八年に検出された埼玉県の稲荷山古墳の鉄剣銘文のなかの次の個所が注目される。

〝この剣を作らせた乎獲居臣《おわけのおみ》が杖刀人の首として仕えていた獲加多支鹵大王の寺（役所、宮のことである）が斯鬼宮《しきのみや》にあったとき〟としていて、獲加《わか》（稚）多支鹵《たける》（武）大王の宮が斯鬼宮だったと分かる。この鉄剣銘文が刻まれたのはほぼ稚武天皇の在世中とみてよかろう。

一の雄略の御製歌は「籠《こ》もよ　み籠《こ》持ち　掘串《ふくし》もよ　み掘串《ぶくし》持ち　この岳《おか》に　菜《な》摘ます児《こ》」で始まる格調の高い長歌であるが、詳しい記述の多い雄略紀には、この行為に該当しそうな話はでていない。

前から気にかかるのだが、大王が初めて出会った女に名を尋ねる話は、『古事記』が若き日の応神天皇が宇治で矢河枝比売《やかわえひめ》（宅媛）との出会いから結婚に至る話としているなかに出ている。この話は宇治の木幡を舞台として展開していて、『京都の歴史を足元からさぐる』「宇治・筒城・相楽の巻」の「莵道と宇治」の項で詳しく述べたことがある。『萬葉集』が巻頭にかかげている長歌は、雄略天皇でなく応神が作った可能性も視野にいれる必要があるとぼくは考えている。ただし強弁するほどのことではなかろう。

二　仁徳天皇の皇后磐之媛の歌

磐之媛《いわのひめ》は石之日売とも書き、ヤマトの豪族葛城曾都毘古《かつらぎそつびこ》（襲津彦）の娘である。仁徳天皇の皇后で、皇族出身でない人が天皇の皇后となった珍しい例である。ほかの例では、垂《すい》仁《にん》天皇の皇后となる日葉酢《ひばす》媛《ひめ》は丹波（丹後）の道主《みちぬし》王の娘である。道主王を広義の皇族とみるか丹波の豪族とみるかはむずかしいことだが、古代には皇族に属するとみていたようだから、民間から出た皇后としての磐之媛は特異な存在だった。後の時代のこと（天平元年）だが、聖武天皇が藤原氏から出た光明子を皇后に立てるときの宣命《せんみよう》で「難波高津宮御宇大鷦鷯天皇葛城曾豆比古女子伊波乃比売命皇后止御相坐而（以下略）」と皇后の先例にしているのは名高いことである。

仁徳天皇は磐之媛皇后を愛してはいた。それでも、ほかの女性に次々に関心を示し、一夫一妻制を貫こうとした磐之媛との関係が悪化した。さらに、あろうことか仁徳とは異母兄弟の八田《やた》皇女（応神と矢河枝比売の子）を妃にしてしまった。そこで磐之媛は難波の高津宮を抜け出し、山背《やましろ》川（木津川）をさかのぼって筒城《つつき》（木）の韓人奴理能美《ぬりのみ》の家へ入った（『古事記』）。ヌリノミは『新撰姓氏録《しんせんしようじろく》』では「百済人努理（利）使主」と表記されていて、その子孫から水海連《あまのむらじ》や調日佐《つきのおさ》が出た。

ヌリノミは百済系の渡来人だが、養蚕や絹織物などの産業をおこない、裕福な豪族であった。『日本書紀』では磐之媛がたどりついた所を筒城宮といっているがヌリノミの屋敷のことであろう。なお百済系の豪族の家へ磐之媛が身を寄せたのは、百済をはじめとする韓諸国との外交に長けていた父曾都毘古の手配によるとぼくはみている。神功《じんぐう》皇后の六二年に、『日本書紀』は「百済記」を引いて沙至比跪《さちひこ》が新羅を討ったとある。襲津彦の百済での表記とみられる。

仁徳は筒城を訪れて磐之媛を高津宮へ帰らせることに努めたが、磐之媛は会おうともしなかった。このとき仁徳が詠んだ歌が『古事記』にも『日本書紀』にも載っている。その一つが次の名高い歌である。

つぎねう　山代女《やましろめ》の　木鍬持ち　打ちし大根《おおね》　根白の　白腕　まかずけばこそ　知らずとも言わめ（記六一・書紀五八）

南山代は奈良時代にも都へ瓜、茄子、大根などの野菜を供給する土地であり、そのことが仁徳のころまで遡りそうだということは興味ぶかい。

歌の意味は、〝山代女が栽培した白い大根はあなた（磐之媛）の白い腕のようです。その腕を巻いて（抱きしめて）寝た仲だから、知らないとは言えない〟であろう。この歌には仁徳の率直な実感がでているようにぼくはおもう。なおこの時の仁徳の歌は『萬葉集』にはのせられていない。

三　磐之媛が筒城で詠んだ歌

『萬葉集』の巻第二の巻頭は「相聞《そうもん》」として磐之媛の歌四首（八五―八八）をのせている。相聞とは往復唱和の意味で、恋の歌が多い。『古事記』や『日本書紀』（以下、記紀と略す）で仁徳と磐之媛がくりひろげる物語から、後世に誰かが作った歌を磐之媛に仮託されたという見方もあるようだが、ぼくは少なくとも八六、八七、八八の三首は『萬葉集』の伝承どおり磐之媛が山代の筒城（木）で別居中の夫仁徳に想いをはせて作ったとみてよいようにおもう。

八五の歌と類似する作品は九〇にもでていて、題詞では『古事記』を引いて、「軽太子《かるのひつぎのみこ》、軽太郎女《かるのおおいらつめ》に奸《たわ》く。故にその太子を伊豫の湯に流す。この時、衣通王《そとほしおう》、恋慕《こい》に堪えずして追い往く時の歌に曰わく」としている。軽太郎女の通称が衣通王（郎女）で、軽太子とは允恭《いんぎょう》天皇の子としての同母妹（母は忍坂大中姫）である。

君が行き　日長《け》くなりぬ　山たずの　迎えを往かむ　待ちには待たじ

これに対して八五の磐之媛作と『萬葉集』が伝える歌は次の通りである。

君が行き　日長《け》くなりぬ　山たずね　迎えか行かむ　待ちにか待たむ

この歌は『古事記』がいうように衣通王の作とみられる。磐之媛の作ではなかろう。記紀では仁徳天皇も磐之媛皇后も歌を詠むことを得意とした人物として登場する。とくに仁徳紀の二十二年では、仁徳が八田皇女を妃としようとしたとき、仁徳と磐之媛は歌を贈答し合って意思の疎通をはかっている。

これらの歌では一夫多妻制を認めようとしない磐之媛の主張に筋が通っていて、仁徳の歌は言い訳がすぎるとみられ、その結果ついに磐之媛が高津宮を脱出して筒城に滞在するに至ったことは前に述べた。なお記紀が載せる仁徳と磐之媛がとりかわしたこれらの歌は、『萬葉集』には採録されていない。

『萬葉集』が磐之媛の作としている四首のうちの三首は筒城で夫の仁徳を偲んだ心情がよくでているとぼくは思う。

かくばかり　恋いつつあらずは　高山の　磐根《いわね》し巻きて　死なましものを（八六）
ありつつも　君をば待たむ　打ち靡《なび》く　わが黒髪に　霜の置くまでに（八七）
秋の田の　穂の上《え》に霧《き》らう　朝霞《あさかすみ》　いづ辺《へ》の方に　わが恋止まむ（八八）

ぼくは八七が好い作品とみる。記紀での磐之媛の行動を読むと、このような歌を詠んだ心情がよく理解できる。おそらく仁徳が改心するのを待ちつづけた磐之媛は、その間は髪に櫛をいれることもなく、倭人伝が記す持衰《じさい》のような生活をしていたのであろう。

倭人伝では持衰について「その行来、渡海して中国に詣《いた》るには、つねに一人をして頭を梳《くしけず》らず蟣蝨《きしつ》を去らず、衣服垢汚《こうお》、肉を食わず、婦人を近づけず、喪人《そうじん》の如くせしむ」とある。この持衰は男だったから「婦人を近づけず」としたので、磐之媛の場合は「男子を近づけず」の生活をつづけたのであろう。

筒城へは仁徳もでかけたが、仁徳が八田皇女を妃としたことを認めず、磐之媛は会おうとはしなかった。

それから五年してついに磐之媛は筒城で死に、乃羅山《なら》に葬られた。乃羅山は奈良県と京都府の境の丘陵をいい、今日は奈良市の佐紀古墳群のヒシアゲ古墳が陵に治定されている。とはいえ筒城近くの久世郡にも那羅郷という土地があって、奈羅とも奈良とも書かれた。古墳もかなりあるから、磐之媛の陵については今後の研究がまたれる。

磐之媛が亡くなると仁徳は八田皇女を皇后に立てた。だがその後しばらくの間の仁徳との生活は伝えられているものの、記紀ともに八田皇女の死を語る記事はなく、陵についても伝えることは一切ない。仁徳の皇后になったとはいえ、記紀の記述からは幸福な人生を送ったのではなさそうである。

この項の最後に、磐之媛が滞在した筒城について触れておきたいことがある。『古事記』によれば垂仁天皇の妃の一人が「大筒木垂根王《おおつつきたりね》の娘の迦具夜比売」だった。カグヤ比売《ひめ》といえば日本の最古の短編小説といわれる『竹取物語』の主人公の名であり、この物語は竹の多い南山代の筒城（のちの表記では綴喜）を舞台として展開したとみられる。筒城の北方すぐの地が、近畿での隼人《はやと》※の最大の居住地で、『竹取物語』には隼人の文化や信仰が強く反映しているとぼくはみる。

※隼人　南九州にいた古代の雄族。今日の鹿児島県と宮崎県南部が本来の居住地である。大隅（住・角）隼人と薩摩の阿多隼人が二大勢力だった。また移住性に富み、近畿地方では南山城や南大和さらに近江や河内にも居住地があった。霧島山や開聞岳のような姿の美しい山を信仰しており、竹を道具に使うことに長けていた。五世紀ごろからは乗馬をとりいれ武勇の誉れが高く、後世にも勇者の別称として隼人が使われた。また戦闘においての女性の役割も注目される。熊襲とは近い関係にあるけれども、なお研究を深める必要がある。

カグヤ比売の父の名につく大筒木は、律令体制では山城国の郡の一つとしての綴喜郡となり、その核となる土地は綴喜（筒城）郷であった。ここには奈良時代に創建された筒木の大御堂とよばれた普賢寺《ふげん》があり、筒城郡の郡寺でもあろう。

垂仁紀の大筒木垂根王の垂根は、宮殿や屋敷が竹の根のよく張った土地に建てられていることを意味しているとみられる。雄略記に語られている三重婇《みえのうねめ》（采女）が天皇の宮を誉《ほ》めあげて詠んだ歌に次の一節がある。

「竹の根の根垂る宮、木の根の根蔓《は》う宮、八百土《やおに》よし、い築《きず》きの宮」とあって、垂根とは竹の根が張る土台の頑丈な屋敷をいっているとみてよかろう。

竹（今日の真竹や破竹）の多い筒城にぴったりの豪族の名である。

以上のことから記紀の編者の頭には、筒木の土地には仁徳の時代より前にカグヤ姫という名をもつ女がいたことがあって、そのような土地に磐之媛が苦難の生活をしたとする設定を展開しやすくしたとぼくはみている。

四　異母兄弟の但馬皇女と穂積皇子の恋

允恭天皇の子の木梨軽皇子と同母妹の軽太郎女（衣通王）の恋など、現代社会では考えにくい事例を歌を通してみてきた。もう一例を『萬葉集』で見ておこう。

天武天皇の子の穂積皇子と異母妹の但馬皇女の恋である。

一一四や一一六の但馬皇女の歌の題詞には、どちらも「但馬皇女、高市皇子《たけちのみこ》の宮に在《いま》す時に」詠んだことが記され、一一四では「穂積皇子《ほづみのみこ》を思《しの》ぶ御作歌《みうた》」とあり、一一六では「窃《ひそ》かに穂積皇子に接《あ》いて、事すでに形《あら》われて作りましし御歌一首」とある。ここでの接うとはセックスをしたことをいうのであろう。

この二つの歌の題詞によって、天武天皇と夫人となった藤原鎌足の娘の氷上娘のあいだの子が但馬皇女であり、異母兄の高市皇子の屋敷に住んでいたことが分かる。おそらく高市皇子のほうが宮廷内での地位が高く収入も多く、居候の身となったのであろう。

歌から察するとこの恋は但馬皇女のほうが積極的だったようである。但馬皇女の作とはっきり分かるのは三首で、かなりの出来の歌である。

秋の田の　穂向《ほむき》の縁（寄）れる　こと縁（寄）りに　君に因（縁）りな　事痛《こちた》かりとも（一一四）

人言《ひとごと》を　繁《しげ》み言痛《こちた》み　己《おの》が世に　未《いま》だ渡らぬ　朝川渡る（一一六）

一一四の大意は〝秋の田の稲の穂の向きがそろっているように、君《あなた》に寄り添いたい。世間がどんな事を言おうとも〃で、世間の非難は覚悟のうえの恋であることを表明している。一一六の大意は〃人の噂が激しく痛い。まだ渡ったことのない朝の川を渡るようである〃とあって、これも強い覚悟の恋であることを言っている。

もう一つの一一五の題詞には「穂積皇子に勅《みことのり》して近江の志賀山寺に遣わす時、但馬皇女《たぢまのひめみこ》の作りまし御歌一首」とある。滋賀山寺とは天智天皇の建立した官の寺としての崇福寺であり何らかの法会に派遣されたのであろう。

遺《おく》れ居て　恋いつつあらずは　追い及《し》かむ　道の阿廻《くまみ》に　標結《しめゆ》えわが勢《せ》（背）（一一五）

これも但馬皇女の積極性がよく出ている。大意は〃あとに残って恋しく思うのではなく、追いつきたいのです。道しるべを道の廻り角につけておいて下さい、あなた〃であろう。公務中の男を追って行くのだから、世間に噂がたって当たり前であろう。

但馬皇女が恋をした穂積皇子は、天武天皇と蘇我赤兄の娘の大蕤娘《おおぬのいらつめ》が夫人となってもうけた子である。穂積皇子の妻は歌人として名高い大伴坂上郎女《さかのうえのいらつめ》である。坂上郎女の兄はやはり歌人として名高い大伴旅人《たびと》だから、穂積皇子も『萬葉集』にかなりの出来の歌四首をのこしている。

二〇三の題詞に「但馬皇女薨《みまか》りし後、穂積皇子、冬の日雪落《ふ》るに、遙に御墓《みはか》を望み悲傷流涕《りゆうてい》して作る歌一首」とある。但馬皇女は和銅元年（七〇八）に亡くなっている。

降る雪は　あわにな降りそ　吉隠《よなばり》の　猪養の岡の　寒からまくに（二〇三）

吉隠は吉名張とも書き奈良県磯城郡初瀬町の山間の地名、その地の猪養《いかい》の岡に但馬皇女の墓はあったのであろう。吉名張の猪養山は大伴坂上郎女が「跡見《とみ》の田庄で作った二首の歌」のうちの一五六一にも見える地名である。『延喜式』の諸陵寮の項に「吉隠陵」が十三遠陵の一つとしてある。田原天皇（施基皇子）の妃の橡姫《とちひめ》の墓である。このことから、吉名張には貴人の墓地地帯があったのであろう。

「あわ」は泡であり、消えやすい雪を言った古い言葉ともいう。歌の大意は〝降る雪は大雪にはならないでほしい。但馬皇女の眠る猪養の岡が寒いだろうから〟である。まだ調べてはいないが但馬皇女と穂積皇子の歳の差はどれぐらいだったのだろう。

但馬皇女の死んだ翌月、元明天皇は穂積皇子を筆頭に政府の高官らに勅を下し、百寮に率先して政務にはげむように命じている。このときは左大臣の石上朝臣麻呂も含まれているから、穂積皇子だけに勅を下したのではない。

このころ穂積皇子は右大臣に準じる季禄《きろく》を与えられていた。このように但馬皇女との恋が穂積皇子の栄達を邪魔した気配はない。

穂積皇子には、恋心をユーモラスに詠んだ歌がある。ぼくが初めて『萬葉集』を読んだ時、印象にのこったうちの一首である。

家にありし　櫃《ひつ》に鏁《かぎ》刺し　蔵《おさ》めてし　恋の奴《やっこ》の　つかみかかりて（三八一六）

この歌の左註によると「穂積親王の宴飲の日、酒酣《たけなわ》なる時、好みてこの歌を誦して、以って恒《つね》の賞《めで》となした」とある。

大意は、〝家にあった櫃（櫃）に鏁（鍵）をかけて閉じこめたはずの恋の野郎が（櫃から抜け出して）つかみかかってくる〟。

このころ穂積皇子と但馬皇女の不倫の恋は有名で、宴会ではそのことが酒の肴となったのであろう。そんな時、穂積皇子が照れかくしでこの歌を大声で誦じたのであろう。なお七、八世紀のカギは鍵とも鑰などとも書き、海老錠ともいって、今日使われている西洋式のカギとは形が違う。律令体制では国司の任務に印鑰《いんやく》を司ることがあった。国守の印と正《しょう》倉《そう》の鍵であり、国衙の近くに印鑰社ののこることがあり、前に阿波の国府町にある印鑰大明神を訪れると鍵をあらわした鬼瓦を使っていて驚いたことがある。

穂積皇子の妻、大伴坂上郎女は『萬葉集』には八五首の歌をのこしている。その一つの五二八の左註の一節に「初め一品穂積皇子に嫁ぎ、寵をうくること儔《たぐい》なし。皇子薨《こう》ずる後は藤原麻呂大夫《まえつきみ》この郎女を娉《つまど》う。郎女は坂上の里に家《す》む。よりて族氏号《やからなづ》けて坂上郎女という」とある。

この左註によれば穂積皇子との夫婦仲は好かったようである。なお坂上にいつから住んでいたかはさらに調べる必要がある。気がかりな歌が一つある。

心には　忘るる日無く　念《おも》えども　人の事こそ　繁き君にあれ（六四七）

大意は〝心では（あなたを）忘れる日はありませんが、人の噂の多いあなたなので心配です〟であろう。いつの作かは不明だが、この歌では坂上郎女は穂積皇子の家で暮らしていたようにはおもえない。やはり夫の噂が心配だったのであろう。

五　斉明天皇のリズムの好い歌

五世紀ではないけれども、七世紀中ごろの斉明天皇の作とみられる歌があって、取りあげようと思う。

「岡本天皇の御製歌《おおみうた》一首」の題詞のある一五一一と、「泊瀬朝倉宮《はつせのあさくらのみや》御宇大泊瀬《おおはつせ》幼武《わかたけ》天皇御製歌一首」の題詞のある一六六四である。歌はすぐ後で示すように酷似していて、元は同じ歌だったとみてよかろう。さらに一六六四には左註もついていて「右、ある本に云わく、岡本天皇の御製なり。正指を審《つまび》らかにせず。因《よ》りて以って累《かさ》ねて載す」とある。岡本宮は推古天皇や舒明天皇にも関係はあるが、斉明天皇（女帝）の宮室を後飛鳥岡本宮ともいい、大海人皇子が壬申の乱で勝利をおさめ倭《やまと》に戻ったとき、まず岡本宮に入っているから、かなり長期間存続していたようである。ぼくはこの歌は斉明天皇の作と推定する。二つの歌を並べて較べよう。

夕されば　小椋《おぐら》の山に　臥す鹿は　今夜《こよい》は鳴かず　寝《い》ねにけらしも（一六六四）
夕されば　小倉の山に　鳴く鹿は　今夜は鳴かず　寝ねにけらしも（一五一一）

先に掲げた歌が元歌だったとおもうが、『古今和歌集』や『新古今和歌集』にあってもおかしくないような歌のリズムが感じられ、作者の文学的センスを感じる。

この西征の途中で伊予の湯の宮に寄っているが、その時に額田王は次の名高い歌を作っている。

熟田津《にきたつ》に　船乗りせむと　月待てば　潮もかないぬ　今は漕《こ》ぎ出でな（八）

読むと爽やかな気持ちになる歌だが、先ほどの一六六四の歌とテンポの好さが共通しているようである。なおこの歌の作者を斉明天皇とする説もある（歌の左註）。

斉明天皇の時代には飛鳥一帯には巨石構築物といわれる酒船石《さかふねいし》を代表とする巨石遺構を沢山のこし、作家の松本清張氏がこれらを取りこんで『火の路』（連載時の原題は「火の回路」）という作品をのこしている。斉明天皇の能力についてはさらに追求してもよさそうである。

第六章　天平八年の遣新羅使関係の歌

一　遣新羅使と対馬の玉槻の歌

『萬葉集』の巻第十五の大半は、天平八年（七三六）に派遣された遣新羅《しらぎ》使が旅の途中で詠んだ歌で、歌の数は一四四首に達する。ただし早速二つの問題に気づく。

その一つは、巻第十五の冒頭にある題詞である。「新羅に遣わされし使人ら別《わかれ》を悲しみて贈答し、また海路にして情《こころ》を慟《いた》み思を陳《の》ぶ。所に当りて誦する古歌を幷す」の個所である。つまり遣新羅使が通った土地についての古歌をも併載しており、これは天平八年の遣新羅使の歌ではない。一〇首あって柿本人麻呂の歌が多い。それでも一三四首が遣新羅使関係の歌で、中には対馬の玉槻《たまつき》という乙女の歌も含まれている。玉槻は対馬の郡司か郷長級の者の娘だったとみられ、対馬在住の若い女の作った歌として貴重である。

どうして対馬の住人である玉槻の歌が遣新羅使の歌と一緒に記録され『萬葉集』にのせ

られたのであろう。まずその歌が配された個所から推測しよう。

一行の船が浅茅《あそう》湾の竹敷《たかしき》浦（多可思吉の宇良とも表記する）に停泊したときの一八首の歌のうち五番めと六番めが「対馬娘子、名は玉槻」の歌である。一番め（三七〇〇）は大使の歌、二番め（三七〇一）が副使の歌、三番め（三七〇二）が大判官の歌、四番め（三七〇三）が少判官の歌で、そのあとに玉槻の歌二首が続く。

この歌の配列からみると、竹敷の浦に着いた早い時点で宴がひらかれ、そこで地位に従って歌が披露されたのであろう。あとで述べるように、大使はこの歌にすでに覚悟の一端を詠みこんでいるとぼくはみる。

なぜそのような宴席に玉槻が参加できたのであろうか。一つは玉槻が対馬の下県《しもあがた》郡の郡司か玉調《たまつき》郷の郷長の娘だったとみられることで、よくいわれる「遊行婦女」（娼婦の類）とはまったく違う。もう一つ、歌にすぐれた娘がいることが地元では知られていて、宴に加えたという見方もなりたつ。その場合も竹敷浦近くの娘だったとみることに変りない。

ではどうして土地の娘という推測ができるかについて私見を述べる。竹敷浦の東方に玉《たま》調《つき》の地名がのこる。古い地名で『和名抄《わみようしよう》』「対馬嶋下県郡」の郷の一つに「玉調」がある。今日もこの付近は真珠の産地である。おそらく玉槻という名は玉調の娘ぐらいの意味であって、その娘の姓名ではないだろう。

玉槻の二首の歌を書きだそう。

黄葉《もみじば》の　散らう山辺ゆ　漕ぐ舟の　にほいに愛《め》でて　出でて来にけり（三七〇四）

竹敷の　玉藻靡《なび》かし　漕ぎ出《で》なむ　君が御船を　いつとか待たむ（三七〇五）

三七〇四は大使が詠んだ黄葉をうけた歌でぼくは秀歌とおもう。それと二首とも舟を漕ぐことを歌っていて、玉槻も小舟を操れたとおもう。

浅茅海は浅く、その名は対馬在住の歴史学者永留久恵氏が推測するように浅海から由来しているのであろう（「対馬の安佐海山と浅茅湾」『万葉集の考古学』所収）。真珠をいだいた鰒（鮑）を採るのに、女が舟を操り男が水に潜ることがおこなわれていたとみてよかろう。

もう一つの問題点がある。これらの歌を通して遣新羅使の船がたどった道筋は復元できる。これについては後で述べる。しかし新羅での歌はまったくなく、この使節は朝鮮半島に一番近い対馬までしか行かなかったとみられる。これはどうしてであろう。遣新羅使とはいえ、新羅には行っていないのである。

対馬でも、のちに国府が置かれる厳原《いずはら》付近に行った気配はなく、上県《かみあがた》（上島）と下県（下島）の中間にある浅茅（古代の発音はあさぢ）湾で新羅との折衝を待っていたようである。ことによると天平八年の国府またはそれに準じる役所は浅茅湾岸《あそう》にあったのではないか。

浅茅湾にはいくつもの入江があって、その一つが竹敷である。なお浅茅湾の海への出口は西方にあって、この時の使節は新羅へ少しでも早く向えるようにこの地で待機したとみられる。浅茅湾の南岸には天智天皇六年（六六七）の築城記事のある金田城《かねたのき》がある。海に臨んだ朝鮮式山城で、初期の国府もこの近くにあった可能性がある（九州島にはほかに臨海地形の朝鮮式山城はない）。

浅茅浦での歌が三首、次に竹敷浦での歌は一八首あり、竹敷浦では大使も歌をのこしている。金田城の東方すぐのところが竹敷浦である。

天平八年の遣新羅使の大使とは、従五位下の阿倍朝臣継麻呂である。阿倍氏の先祖には阿倍比羅夫《ひらふ》のように水軍や水手《かこ》を掌握した豪族がいた。

継麻呂は『続日本紀』によると、「津嶋に泊りて卒せり」とある。竹敷浦で歌を読んでいることから推察すると、病（伝染病）をえての死とみる人もいるが、新羅が入国を拒否してきたことの責任を感じての自死とぼくはみる。とすると竹敷浦で詠んだのは辞世の歌である。

あしひきの　山下光る　黄葉《もみじば》の　散りの乱《まが》いは　今日にもあるかも（三七〇〇）

これは死を覚悟しての心情を黄葉が散ることに託して詠んだ歌とぼくはみる。なお継麻呂はこの回の旅で三七〇〇の歌のほか四首の歌をのこしている。和歌づくりの才能のあったことがわかる。

遣新羅使は大使の死のあと副使の大伴宿禰《すくね》三中《みなか》も病にかかって入京ができず、天平九年一月に大判官の壬生使主宇太麻呂や少判官の大蔵忌寸麻呂が入京して政府に報告した。この時、新羅国が常の礼（慣習）を失して使の旨《むね》を受けなかったことをも報告してきた（『続日本紀』）。使の旨とは使がたずさえた国書であろう。

このようにこの回の遣新羅使は対馬までは行ったが、新羅へは入国できなかった。新羅で詠んだ歌が一首もないのは、不思議なことではない。なお壬生使主宇太麻呂も大蔵忌寸麻呂も対馬への旅の途中で歌を詠んでいる。

遣新羅使は天智天皇七年（六六八）に道守臣《ちもり》麻呂を大使としておこなわれて以来、九世紀まで二七回派遣されている。新羅との関係が好くないときは、天平八年のように中止のやむなきに至ったこともある。

大使の継麻呂は四首の歌をのこしたが、大判官の壬生使宇太麻呂もこの旅の間に五首の歌をのこした。いずれも出来はよい。一首を載せる。

旅にあれど　夜は火ともし　おるわれを　闇にや妹が　恋いつつあるらむ（三六六九）

自分は〝旅にでているけれども夜は灯火をつけている。（家にいる）妻は灯火もない闇のなかで私を恋いしたっているだろう〟。宇太麻呂のやさしさだけでなく、大判官になった者でも日常生活はつつましかったことが伝わってくる。あるいは夫の旅の間の持衰的生活だろうか。

少（小）判官の麻呂も竹敷浦で一首詠んでいるが、大判官の歌にくらべると平凡とおもう。この歌（三七〇三）では、竹敷の「宇敝可多山《うへかたやま》」が詠まれていて、遣新羅使が最後に滞在していた竹敷浦の山の名が分かる。なお大使は竹敷浦で三首の歌をのこし、そのうちの一首が辞世の歌のようにぼくが感じることについては前に述べた。竹敷浦では副使も歌をのこしている。

それにしても遣新羅使が諸々の準備を調えるためには膨大な国費がいっただろう。新羅側がこの使節を受け入れるつもりがなかったのなら、もっと早く日本側に伝えておく必要があったとおもう。最北端の対馬に日本側の使節がついてから拒否するようでは、大使が責任をとって自死せざるをえなくなるのは当然であろう。そういう点では、当時の新羅政府に気骨のある人物がいなかったのであろうか。政府のなかには新羅にたいして、兵を出して征服せよという意見もでた。

二　壱岐で死んだ雪連宅満

壱岐《いき》の豪族とみられる雪連宅満《ゆきのむらじやかまろ》（宅麻呂）が遣新羅使に加わっていた。使節団での地位や役割は不明である。

宅満は教養人だったと推定される。というのは氏名とした雪は壱岐・伊岐・伊吉を同じ発音の雪一字であらわしたのであろう。氏名《うじな》や地名を漢字一字であらわすことは七、八世紀に流行した。

北部九州の神々と関係の深い京都市西郊の松尾大社の摂社月読《つくよみ》神社の社家系図が引く「伊伎氏本系帳」に伊伎宅麻呂の名が見え、伊岐島司とある。伊吉氏は壱岐の壱岐郡の明神大社だった月読神社の神官をもかねていた。

斉明天皇のときの遣唐使に伊吉連《いきのむらじ》博徳《はかとこ》が加わり、旅の日記としての「伊吉博徳書」をのこし、『日本書紀』に史料として引用されている。このことは名高い。

壱岐島の島司が遣唐使や遣新羅使にオブザーバーとして参加することがあったとみてよい。ことによると遣唐使や遣新羅使の派遣にさいして、相手の国との折衝をはじめ諸々の準備を壱岐島司が担当する慣習があったのだろうか。

この回の新羅使が瀬戸内海西部で大風にあったことは、雪宅麻呂の歌（三六四四）の題詞に記されている。

「佐婆《さば》の海中にして、忽に逆風にあい漲浪《ちょうろう》（大波）に漂流す。経宿してのち（一晩過ごしてから）、幸に順風を得て、豊前国下毛《しもつみけ》郡分間浦に到る。是に追いて艱難を怛《いた》み、悽惆《せいちゅう》して作る歌八首」の筆頭が雪宅満の歌である。


於保伎美（大王）の　命《みこと》かしこみ　大船の　行きのまにまに　宿りするかも（三六四四）

周防国の佐婆（波）は瀬戸内海航路の要衝であるが、北部九州までは海の難所で今日の大分県の海岸に船が流されることがあった。この時は宅満が病になった形跡はない。ところが船が北部九州の海岸を西へ向い、肥前国松浦郡の狛島《こまじま》（今日の唐津市神集島《かしわじま》、私も前に一晩泊ったことがある）から玄界灘を渡って壱岐についてから、宅満は急死した。宅満への挽歌（三六八八―三六九〇）の題詞は次のように記している。

「壱岐島に到りて、雪連宅満の忽に鬼病に遇いて死去《みまか》りし時に作る歌一首」とある。ここで鬼病とあるのは普通の病ではなかろう。

宅満の死をいたむ歌は長歌一首と反歌二首（作者不明）と葛井連子老《ふじいこおゆ》の作った長歌一首と反歌二首、さらに六鯖《むさば》（六人部《むとべ》連鯖麻呂の通称）の長歌一首と反歌二首である。このうち三六九四の六鯖の詠んだ長歌に、壱岐の有名な占卜《せんぼく》が詠まれているのは名高い。壱岐での占卜は、鹿の骨を焼いて占うもので、関係の遺物も沢山出土している。倭人伝にも「骨を灼《や》いて吉凶をトう」とある。これは壱岐島での見聞であろう。

挽歌の一つ（三六八九）に壱岐で遣新羅使の泊ったとみられる地名がある。

石田野《いわたの》に　宿りする君　家人《いえびと》の　いずらとわれを　問はば如何に言わむ

石田野に宿りする君のことを家人がどこにいるかと問うと自分は何と答えたらよいのか、の意味であろう。

石田は壱岐島の南東部にあって、倭人伝時代の壱岐の国邑《こくゆう》があった原の辻遺跡の所在地でもある。至近の地に、唐津とフェリーで結ばれる印通寺港がある。ぼくは以前に石田で講演をしたとき、昼間に島を見て廻っていると、道ばたに雪連宅満の墓の標識板があった。その頃はまだ宅満に関心があったわけではなかったが、雑木をかき分けて行くと海岸を見下ろすところに宅満の墓はあった。ただし考古学でいう奈良時代の墓かどうかは見分けられなかった。

ぼくの推測だが、使節が壱岐についたころ島司でもある宅満には、新羅が使節の受け入れを拒否しているという情報が届いたとみられる。島へ情報が早く伝わることはよくある。宅満は壱岐島司として責任を感じ自死したのではないか。それを「鬼病に遇いて」と書いたのだろう。

このこともあって、大使の継麻呂が対馬で死を選ぶに至るのであろう。このようにこの回の遣新羅使はつらい旅をする結果となった。ぼくのような視点で、この回の使節たちがのこした歌を点検するとさらに見えてくることがあるだろう。

三　遣新羅使のルートをさぐる——瀬戸内海東部篇

天平八年の都は平城京である。巻第十五の歌では「奈良能美夜古」といった（三六〇二）。三六一二でも「奈良能美也故」にしている。要するに遣新羅使の主要メンバーは奈良の都から陸路をとって難波津へ向った。

ヤマトと河内の間には生駒山が横たわっていて、その山を越さねばならない。三五八九と三五九〇は「伊故麻山」越えが詠まれている。三五八九は秦間満《はたのはしまろ》（間麻呂）の歌である。平城京から難波津まで最短距離をとるために直越《ただごえ》で生駒山を越した。ヤマトの平群《へぐり》谷から河内の日下《くさか》への道で、今日も古道の面影をのこしている（なお南方にもう一つの古道の暗峠越があるが古さは不明である）。

雄略記に〝雄略天皇が直越の道で河内へ入ると棟に堅魚木《かつおぎ》をあげた舎（家）が見えた。志幾大県主《しきのおおあがたぬし》の家である。雄略はこの家が自分の御舎に似せて作ったとして、人を遣わして焼《や》いてしまった〟という。おそらく弥生時代以来、使った古道であろう。道がなだらかな大坂道を通らなかったのは、遣新羅使が難波津へ急いで行ったためとみてよかろう。

難波津ではすでに大船が準備されていた。大船の表記は三五七九と三五八二などで使われていて、遣唐使船と同じような構造船とみてよい。大船が停泊できる浦や津、さらには通過する水道（海の道）は、丸木舟よりも限られていただろう。

「大伴の美津」は『萬葉集』では多くの歌にでていて、巻第十五にも歌われている（三五九三）。三六二七ではたんに「美津能波麻」がでている。五、六世紀には大伴氏の本家が大阪市の上町《うえまち》台地に住んでいて、いつしか大伴が美津の枕詞のようになった。要するに美津とは御津のこと、難波津に敬語の「美」や「御」をつけたもの、御国、御井、御浦（御を三で書くこともある）と同じ発想であろう。

難波津を考えるとき、次の留意点がいる。大船がある期間、繋留して停泊する場所と、出航の直前に船団が勢揃いする場所は同じではないということである。後者も歌には詠まれているので、海岸の砂浜地形に御津があるように説く人もいる。しかしそれは出航にさいして船団が勢揃いする場所にすぎない。上町台地西方の大阪湾岸は砂浜がつづき、大船の繋留のできる地形はない。

難波津は人工の多目的運河として大川《おおかわ》（明治初年までの淀川の本流）の河口に近い河岸を利用していた。主として左岸に倉庫などの施設があって、難波津はその総称である。古くは大川の左岸下流に高津宮や難波宮があったが、どちらも難波津を前提として造られた宮都であった。

難波津には物資を集積する役割があった。巻第十六の乞食者《ほかいびと》の歌にその様子が詠われている（三八八六）。

中世の渡辺津や江戸時代の各藩の蔵屋敷も古代の難波津の位置を継承していて、難波宮よりやや下流の左岸に集中していた。大川は五世紀に上町台地を掘り割った運河だから、河岸の地質は固く、水流に強い津であった。

難波津には古代に水運を司った安《あ》（阿）曇《ずみ》氏が居をかまえていて、奈良時代に東大寺も交易拠点としての安曇江荘をもっていた。大川左岸には安曇氏の氏寺としての安曇寺があった。京阪電車の線路を地下に設けるさいに、安曇寺の多数の礎石が出土したことがある。大阪市の安堂寺町の地名は安曇寺からついたといわれている。

鎌倉時代までは安曇寺はあったとみられ、嘉元四年（一三〇六）の製作銘のある安曇寺の釣鐘は今日では京都市山科の安祥寺に移されている（『京都の歴史を足元からさぐる』「洛北・上京・山科の巻」所収）。なお安曇氏の本来の根拠地は筑前の志賀島《しかのしま》とその周辺とみられ、遣新羅使も「之賀能安麻」（志賀の海人、三六五二）、「思可能宇良」（志賀の浦、三六五三）、「之可能宇良」（志賀の浦、三六五四、三六六四）を詠んでいる。重要な寄港地だったのであろう。

難波津を出た船は次に「牟故能宇良」（武庫の浦）に泊ったようである。今日の尼崎である。アマガサキは海人が崎だったとみられ、航海や漁業に深くかかわった土地である。

朝びらき　漕ぎ出て来れば「牟故の浦」（武庫）の　潮干の「可多」（潟）に　鶴《たず》が声すも（三五九五）

武庫の浦は務古水門《みなと》とも書く。武庫川河口の東（左）岸にあって潟港だったとみられる。神功紀によると北部九州から東進してきた神功の船団が務古水門から難波を目指しているし、応神天皇の四十一年に呉《くれ》から来た阿知使主《あちのおみ》らは津国（のちの摂津）の武庫で応神天皇の死のニュースに接している（『日本書紀』）。

武庫の浦を早朝に出発した一行は今日の西宮や芦屋の海岸ぞいを西に進んだ。間もなく敏馬《みぬめ》の浦にさしかかる。遣新羅使も「韓国《からくに》に　渡り行かむと　直向《ただむか》う　「美奴面」（敏馬）をさして」航行している（三六二七の長歌の一節）。ただし敏馬には大きな潟港のあった形跡はない。このことは田辺福麻呂が一〇六六の歌で詠んでいる。歴史的には重要な土地で、新羅からの客人（使節）がくる時、敏売《みぬめ》崎《さき》で神酒を支給する慣行があった（『延喜式』玄蕃寮の項）。今日そこには海を見下ろすようにして敏馬神社がある。このときの遣新羅使が新羅へ行く際、敏馬で何らかの神事をした気配はない。

敏馬のすぐ東方には西求女《にしもとめ》塚《づか》があり、さらに東へ進むと処女《おとめ》塚《づか》があり、もっと東方へ進むと東求女塚がある。まるで処女塚をはさむようにして東方と西方に前方後円墳や前方後方墳が整然と配されている。そのためいつしか蘆屋の菟原処女《うないおとめ》に血沼壮士《ちぬのおとこ》と菟原壮士《うないおとこ》の二人が求婚し、そのトラブルから三人とも自殺して葬られたのがこれら三基の海岸に臨んだ古墳という伝説が生まれた。

おそらく海上を通過した人々の目に飛びこんできた風景であろう。この墓のことを高橋連虫麻呂が一八〇九の長歌のなかで詠みこんでいて、そのことは前に「菟原処女の墓と敏馬の浦」（『万葉集の考古学』所収）で書いたことがある。天平八年には遣新羅使たちもこの墓を遠眺したと思うが歌にはしていない。

船団は明石海峡を通過した。三六二七の長歌の一節に「「安可志能宇良」に「布祢」

（船）泊めて「宇伎祢」（浮寝）をしつつ」とある。明石の浦は地形から見て船団の停泊にはあまり適しておらず、浮寝がどんなものか気になる。浮寝は三五九二でも「宇伎祢」として使っている。短時間の停泊中に船中で仮眠をとることだろうか。

船団はさらに西へ向い、播磨国揖保《いぼ》郡の沖にある「伊敝之麻」（家島）のそばを通っている。この一行は帰りにも家島を歌に詠んでいる（三七一八）。

船団は瀬戸内海の北岸ぞいに西へ進み、兵庫県加古川河口の沖にあった印南都麻《いなみつま》を眺めて歌を詠んだ（三五九六）。この地は景行天皇の印南別嬢《いなみのわきいらつめ》への求婚話にでており（『播磨国風土記』賀古郡の項）、遣新羅使もその伝説を知っていたのであろう。

わぎ妹子《もこ》が　形見に見むを　印南都麻　白波高み　外《よそ》にかも見む（三五九六）

この日は波が高く印南都麻は見えなかった。でも歌の出来はよい。一行は次に多麻の浦に停泊したらしい。三五九八にも歌われているし、三六二七の長歌の一節には家島の次に「多麻の浦に　船を停めて　浜び（備）より　浦磯を見つつ」とあるから海岸沿いを航行したようである。岡山県玉野市の玉か、倉敷市の玉島か、どちらとも決めがたい。玉野市玉は一昔前の宇高連絡船の宇野港の近くだし、玉島は高梁川河口の左岸にあってどちらも捨てがたい。

多麻浦から西へ進んだ船は、神島の「伊素未の宇良」つまり神島の磯廻浦《いそみのうら》を月明りがあったので夜に船出している。

岡山県西部には笠岡市の沖すぐに神島《こうのしま》があり、広島県にさしかかると福山市の芦田川河口の沖に神島《かしま》があった。現在ではいずれも周辺が陸化して神島は岡になっている。笠岡市と福山市は今では二つの県に分かれているが、古代にはともに備後国だった。

笠岡市の神島と福山市の神島では一八キロ離れているに過ぎず、どちらが遣新羅使が歌に詠んだ神島かは決めがたい。まず歌から点検しよう。

月よみの　光を清み　神島の　磯廻の浦ゆ　船出すわれは（三五九九）

月の光がきれいなので、（夜）神島の磯廻の浦を自分は船出する、の意味である。夜の出航とあるのは早暁の船出の可能性もある。

笠岡市の神島の南方には大飛島《おおひしま》がある。ここには奈良時代から平安時代前期に及ぶ祭祀遺跡がある。出土遺物の種類は豊富で、まるで宗像の女神を祠る玄界灘の沖ノ島遺跡を小規模にしたようである。この付近は潮流が変りやすく瀬戸内航路の難所であり、古代人が航海の無事を祈って神に捧げ物をする習慣があった。なお歌による限り、この回は大飛島に祈った形跡はない。

福山市での考古学調査に生涯を費やした村上正名氏は、ぼくのよびかけに応じ「神島考」を『万葉集の考古学』に寄せられたことがある。このころ芦田川河口の中洲には、村上氏の努力によって、草戸千軒という中世の港町的な遺跡が全貌を明らかにしつつあった。

草戸千軒より芦田川を少し遡ったところに津之郷ザブ遺跡があって、奈良時代を中心に草戸千軒の前身のやはり港町的な遺跡があることも明らかになってきた。神島は奈良時代には津之郷ザブ遺跡への船人の目印となるとともに、防波堤の役目も果たしていたのであろう。村上氏は長年の調査をふまえたうえ、「奈良時代の磯間の浦が備後国神島の奥（森註、北方）に存在した津之郷の港津であったと確信するようになった」と論文を結んでいる。遣新羅使が通った神島は、このように福山市の草戸千軒遺跡の前身となる港町の前方にあった島とみてよかろう。

巻第十五では神島を詠んだ三五九九に続いて「離磯《はなれそ》に立てるむろの木」（三六〇〇）と「島のむろの木」（三六〇一）がでていて、津之郷の神島から南へ少し行ったところにある鞆《とも》の浦《うら》の歌とみられる。

というのは天平二年に大宰帥《だざいのそち》の大伴旅人が京に向う途中の五首の歌のうち二首に鞆の浦の室の木を詠みこんでいる。四四七と四四八であり、四四八は歌の一節に「磯の上に根這う室木」とあるだけだが、左註に「右の三首、鞆浦を過ぐる日作る歌」とあって鞆の浦の歌であることが分かる。

室の木とは「ねず」（杜松）のことで薬用、灯用、建築用材などに使われた。旅人の歌によって室木は鞆の浦を指す言葉になったようである。三六〇〇と三六〇一ではともに「牟漏の木」が使われている。天平八年の遣新羅使の旅では船は鞆の浦の沖を通ったとみられる。

なお旅人は四四六でも鞆の浦の「天木香樹」を詠んでいて、これも室の木とみられる。他の二首では「室木」としているからその違いも追求してよいことではある。

三六〇一のあと、「所に当りて誦詠《しょうえい》する古歌」が十首つづく。これは天平八年の遣新羅使の歌ではない。

次に「備後国水調郡長井浦に船泊《ふねは》てし夜作る歌三首」の題詞のあとに三首の歌が続く。

あおによし　奈良の都に　行く人もがも　草枕　旅行く船の　泊《とまり》つげむに（旋頭歌《せどうか》なり・三六一二）

この歌の左註では大判官（壬生使主宇太麻呂）の作であることが分かる。

奈良の都に行く人がいればいいなあ。私の乗った船の泊る所を家の者に告げられるだろうに、の意味である。

長井浦は今日の広島県三原市糸崎とみられている。所在する郡は普通は「御（三）調」が使われていて、ここで「水調郡」とあるのは注目してよい。瀬戸内海航路の船に水を供給する役目をもっていたのだろうか。そういえば糸崎の地名は「井戸埼の義なり」と吉田東伍の『大日本地名辞書』ではいっている。

船は海岸の近くを西へ向ったらしく、次の題詞に「風速浦《かざはやのうら》に船泊てし夜作る歌二首」があり、そのうちの三六一五には風早《かざはや》の宇良（浦）が詠みこまれている。

わが故に　妹嘆くらし　風早の　浦の沖辺《おきへ》に　霧たなびけり（三六一五）

安芸国のもとの豊田郡に三津湾があり、湾の中央部に安芸津の地名があり、湾の西寄りに風早の地名が今も残る。この辺りは沖に小島が多く、歌にあるように「沖辺」、つまり海岸近くを航行したのであろう。

次の五首は題詞に「安芸国長門《ながと》嶋に船を磯辺に泊《は》てて作る歌五首」とある。長門島は倉橋島の旧名である。広島県最大の島で、島の北部には平清盛が工事をしたとする伝説のある音戸の瀬戸がある。天平八年に遣新羅使の船が停泊したのは倉橋島の南端の倉橋であろう。

一九九〇年の八月に大林太良氏との対談をするとき、倉橋島の宿に泊り対談をすませ、翌日島を一周した。小さな造船所が二、三カ所あって参考になった。たしか江戸時代末の造船用の石造のドックもまだ保存されていた。島の南端の桂浜神社の近くに遣新羅使の歌碑がたっていた。

五首のうちの最初の歌は左註によって大石蓑麻呂《みのまろ》の作であることが分かる（三六一七）。五首とも出来はよいけれども歌は略す。

五首の歌のあとに次の題詞がある。「長門浦より船出せし夜、月の光を仰ぎ観て作る歌三首」とある。

月よみの　光を清み　夕凪《ゆうなぎ》に　水手《かこ》の声呼び　浦廻漕ぐかも（三六二二）
山の端《は》に　月かたぶけば　漁《いざり》する　海人《あま》の燈火《ともしび》　沖になづさう（三六二三）
われのみや　夜船《よふね》は漕《こ》ぐと　思えれば　沖辺《おきへ》の方に　楫《かじ》の音《おと》すなり（三六二四）

三首とも情景をよく捉えている。三六二三では海人が火をともして漁をする様子が詠われている。薪を鉄製の籠（篝《かがり》）にいれて明かりにしていたのであろう。三六二四は夜の海の賑やかさが詠われている。夜の海を漕ぐ船は自分が乗った船だけと思っていたら、沖の方から楫（梶）の音が聞こえてきたという。この夜は月明かりがでていて火をともさなくとも沖に出られたのであろう。

四　遣新羅使の船旅——瀬戸内海西部から北部九州

次は題詞に「周防国玖河郡麻里布浦を行きし時に作る歌八首」とある歌がつづく（三六三〇—三六三七）。

このうち二首に麻里布浦の近くに粟島のあることも歌われている。

玖河郡は普通は玖珂郡と書く。養老五年（七二一）より前は熊毛郡に含まれていた。玖珂郡には石国郷があり、今日の岩国市の前身である。麻里布は岩国市の海岸にあったことは諸説で一致している。おそらく今津川河口に潟の地形があって、そこが麻里布湾であろう。粟島は岩国の沖にある姫小島か甲島（どちらも無人島）とみてよかろう。

船は海岸近くを通り「大島鳴門を過ぎて再宿を経て後に、追いて作る歌二首」が続く。大島鳴門は屋代島（周防大島）の北岸、本州島との間にある大畠瀬戸のこと、今日では大島との間に橋がかかっている。国生み神話ではたんに「大島」（大洲とも）とよび、古くから重要な島で、律令体制では周防国大島郡だった。平城宮出土の木簡に、屋代島の人々が調として出した塩木簡が多い。

大島鳴門は題詞にあるように「過ぎた」だけである。

田辺秋庭は「これやこの　名に負う鳴門の　渦潮《うづしお》に　玉藻刈るとふ　海人《あま》「乎等女《おとめ》」（乙女）ども（三六三八）」と鳴門（戸）によく見る渦潮を詠んでいる。

大島鳴門を通過した船は題詞によれば「熊毛浦《くまけの》に船泊《は》てし夜作る歌四首」が続く。

熊毛浦を考えようとする時、現代の地形と古代の地形の違いを大前提にする必要がある。もう一つは付近の考古学的な遺跡の在り様にも充分留意する必要がある。この二点を軽視するととんだ間違いをおかすことになりかねない。

今日の地形では柳井市から平生町のある室津半島は地続きである。さらに半島の先端から大橋で結ばれた長島までも一連の土地のように見える。だが古代と中世には柳井と室津半島との間に狭い海峡（水道）があった。仮称熊毛水道である。ここを江戸時代に新田とするため埋めてしまった。今日の山陽本線はもと海峡だった低い土地を走っている。

熊毛浦はこの海峡の南側、つまり仮称平生島の北岸にあったと推定される。ぼくはこの島の地形の復原図を作ったことがある（『図説日本の古代』の「文字と都と駅」の巻）。

このように古代の地形を復原すると、大島鳴門を通過し西に進んで西方一〇キロのところに一行が宿泊した熊毛浦があった。

仮称平生島は面積は広大ではないが、この地に山口県最大の前方後円墳である白鳥《しらとり》古墳が造営されている。墳長が約一二三メートルの古墳で山口県最大規模であるだけでなく、

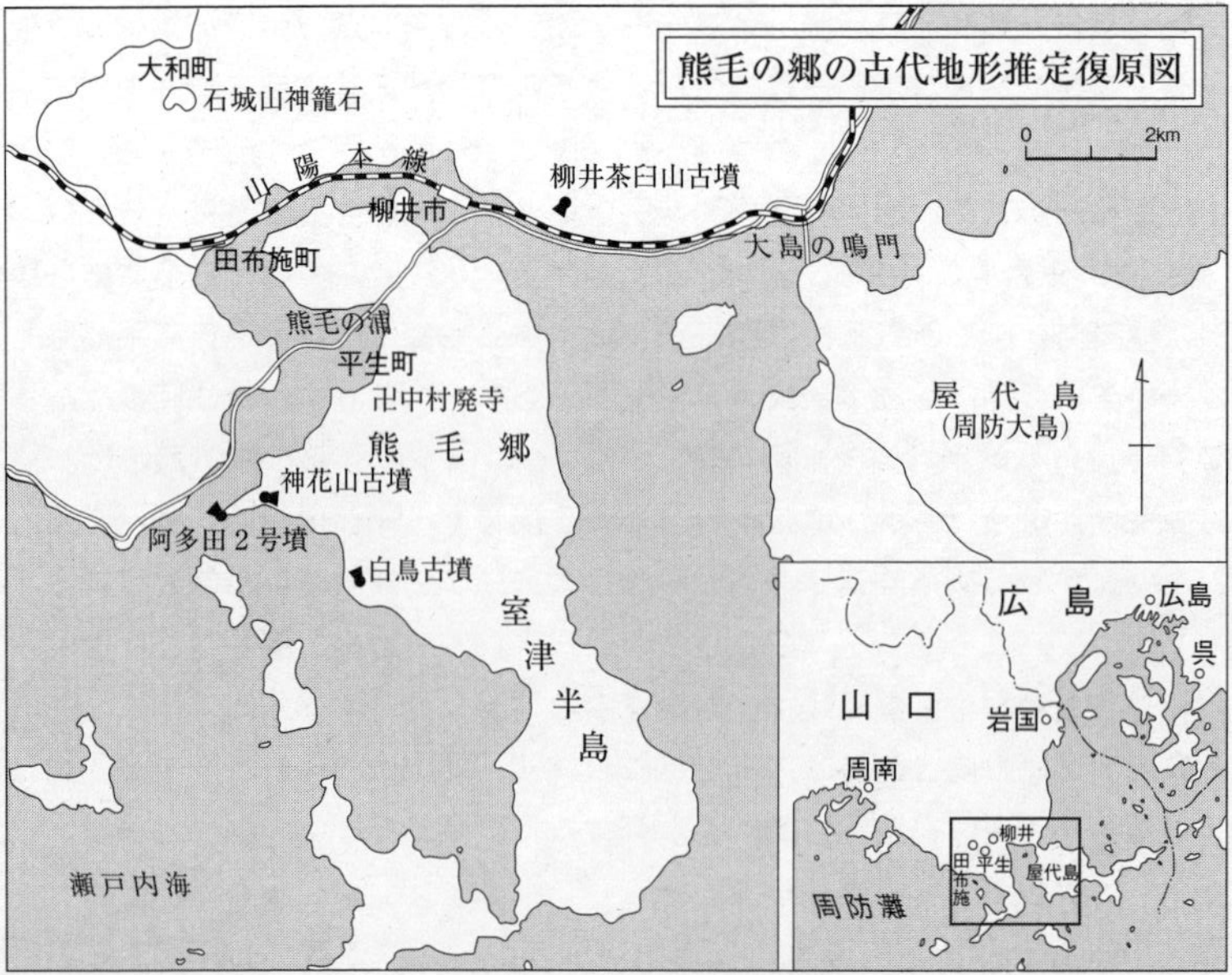
熊毛の郷の古代地形推定復原図
大和町
石城山神籠石
山陽本線
柳井市
柳井茶臼山古墳
田布施町
熊毛の浦
平生町
卍中村廃寺
熊毛郷
神花山古墳
阿多田2号墳
白鳥古墳
室津半島
瀬戸内海
大島の鳴門
屋代島
（周防大島）
0
2km
広島
広島
呉
山口
岩国
周南
柳井
田布施
平生
屋代島
周防灘

隣の広島県を含めても最大の前方後円墳である。島の重要性を物語る好個の例である。白鳥古墳より北方、熊毛浦西南の地に神花山《じんがやま》古墳がある。小型の前方後円墳ではあるが墓の主人公は若い女性であり、後円部の箱式石棺から出土した人骨によって、土井ケ浜遺跡人類学ミュージアムの松下孝幸氏が復原像を製作された。

仮称熊毛水道の重要さは、水道北岸の遺跡からもうかがえる。水道東の口にせまる山の尾根上に柳井茶臼山古墳（墳長約八〇メートル）という前方後円墳があって、水道を見下ろしている。四世紀後半の古墳で白鳥古墳とほぼ同年代か少し先行するとみられる。

熊毛水道の西の出口の北方約四キロに壮大な古代の山城である石城山《いわきやま》遺跡がある。神籠《こうご》石《いし》とも朝鮮式山城ともいわれるが、最近では朝鮮式山城説が多く、築城もしくは修理が九世紀から一〇世紀とみる説もある。

石城山遺跡に限らず山城の創建年代を割出すのはむずかしく、平安時代説はあくまで石積列の年代である。石積の石列を造る前に木柵だけの山城だったことがあり、まだ創建の年代は不明である。つまり遣新羅使の船が熊毛浦で停泊したころ、すでに石城山に山城があったかまだ無かったかは今後の検討に待たれる。いずれにしても石城山の山城は、熊毛水道と熊毛浦の存在を前提として築かれたことは確かであろう。

熊毛浦での四首の最初の歌だけは左註で作者名を書いている。だがその書き方がとても素気ない。

都辺《みやこへ》に　行かむ船もが　刈薦《かりこも》の　乱れて思う　言告げやらむ（三六四〇）

左註に「右の一首は、羽栗《はくり》」とだけ記す。

歌の意味は〝都の方へ行く船があるとよい。これほど乱れている気持を伝えられるのに〟である。

ところで羽栗と氏名《うじな》だけを書いたのはどういうことであろう。羽栗は葉栗とも書き、山城国乙訓《おとくに》郡に本拠をもった広い意味での和邇《わに》系の氏である。

羽栗臣吉麻呂は学生《がくしょう》阿倍仲麻呂の傔人《けんじん》（従者）として入唐し、唐の女を娶り翼《よく》と翔《しょう》の二男をもうけ、天平六年に帰朝した（『類聚国史』仏道部十四）。これからみると吉麻呂が天平八年の遣新羅使に加わったとも考えられるが、息子の羽栗翼がより有力な候補者とおもう。

天平八年の遣新羅使は旅の途中で実に多くの歌をのこした。これは大使の阿倍継麻呂の方針というか決意によるとぼくはみている。旅にさいして折々の歌を筆録したのが、使節に随行した羽栗翼か父の吉麻呂であろう。なお阿倍氏と羽栗氏が関係の深かったことは、吉麻呂が阿倍仲麻呂の傔人となって入唐したことからも察せられる。

三六四〇の左註で「右の一首は、羽栗」とだけ書いたのは、歌の筆録を担当したのが羽栗某だったことを暗に物語っているのであろう。なお翼は宝亀八年（七七七）にも遣唐使として入唐している。

熊毛浦での作者不明の三つの歌のうちの一つが注目される。

沖辺より　潮満ち来《く》らし　「可良の宇良」に　求食《あさり》する鶴《たず》　鳴きて騒きぬ（三六四二）

この歌は題詞によって「熊毛浦に船泊てし夜」に作られたとみられる。とすれば「可良の宇良」とは「唐（韓）の浦」の意味で、そのような別称が熊毛浦にあったとみられる。後で述べるけれども、この使節は「筑前国志麻郡の韓亭《からとまり》」に三日間停泊している。今日も糸島半島北端の東海岸、つまり博多湾に臨んで唐泊の地名がのこっている（福岡市西区）。このように「からの浦」は唐または韓の浦とみてよく、異国の船が入港してくることからついた地名であろう。

熊毛浦からさらに西への航海をつづけた船は、先にもふれたように「佐婆の海中」で嵐にあって漂流し、「豊前国下毛《しもつみけ》郡の分間浦《わくまのうら》」についた。先に引いたがここで雪宅麻呂が歌を詠んだ。

周防灘での漂流のあとの歌の配列には乱れがあるようにも思う。「筑紫館」での四首（三六五二―三六五五）だけが先にきているが、「之可の宇良」「思可能宇良」「之賀能安麻」、つまり「志賀浦」や「志賀の海人」を詠んだ歌としては、三六六四もここにくるべきであろう。

志賀浦は博多湾の北方にある志賀島の浦で、今日では福岡市とは地続きになっているが、道でつながる前は島だった。後漢の皇帝から倭の奴国王に贈られたという金印の出土でも名高い。福岡市に合併される前は筑前国糟屋郡志賀村である。漁業や航海に従事する海人(白水郎《あま》)が多く、巻第十六に「筑前国志賀白水郎歌十首」があるのもよく知られている。志賀を詠みこんだ四首の歌から、使節が一夜を明かしたかどうかは不明だが、暫くの停泊はしたようである。

志賀の海人の　一日《ひとひ》もおちず　焼く塩の　辛《から》き恋をも　吾《あれ》はするかも　(三六五二)

使節の船が通ったころ、この島では土器製塩が盛んで、その様子から恋のことを歌ったのである。また三六五三と三六六四では魚を釣ることを含め漁業が盛んだったことが分かる。

次に使節の一行は博多湾の南岸にある筑紫館に着く。「筑紫館に到り遥かに本郷を望みて、悽愴《いた》みて作る歌四首」だけでなく続く歌十二首も筑紫館での歌である。一首をあげよう。大使や大使の二男もここで歌を詠んでいる。

志賀の浦に　漁《いざり》する海人《あま》　明け来れば　浦廻《うらみ》漕ぐらし　楫《かぢ》の音《おと》聞ゆ（三六六四）

意味のとりやすい歌である。この歌を重視すると志賀嶋の沖を夜明けに通ったのであろうか。筑紫館は鴻臚《こうろ》館ともよび潟港のほとりにあった。この潟は今日では大濠公園の池として名残をとどめている。

次の六首（三六六八―三六七三）の題詞は「筑前国志麻郡の韓亭《からとまり》に到り船泊《ふねは》てて三日を経たり。時に夜の月の光皎皎《こうこう》として流照す。奄《たちま》ちにこの華《ひかり》に対して旅情悽噎《せいいつ》し、各々心緒《おのおのおもい》を陳べて聊《いささ》かに裁《つく》る歌六首」である。悽噎は悲しみむせぶこと。

六首のうちの大判官の歌（三六六九）は前に説明した。故郷をしのぶ心根のよく表れた歌と思う。三六七〇と三六七三に、「能許《のこ》の浦」と「能許の泊」がでている。能許は韓亭の東南にある能古島のことで、能許の浦や能許の泊は韓亭の別称のようである。なお題詞の原文では韓亭とあるのを「カラトマリ」と読ませていてそれでよいとは思うが、亭の字を使っているのは目印となる瀟洒な建物があったのであろうか。これは次の引津亭《ひきつのとまり》でも同じことがいえそうである。

志摩郡の韓亭を出発してから糸島半島の北端を迂回し、半島の南西部の引津亭で停泊し、七首の歌を詠んだ。今日の地図上では糸島半島の北部と西部では近いような感じはあるが、

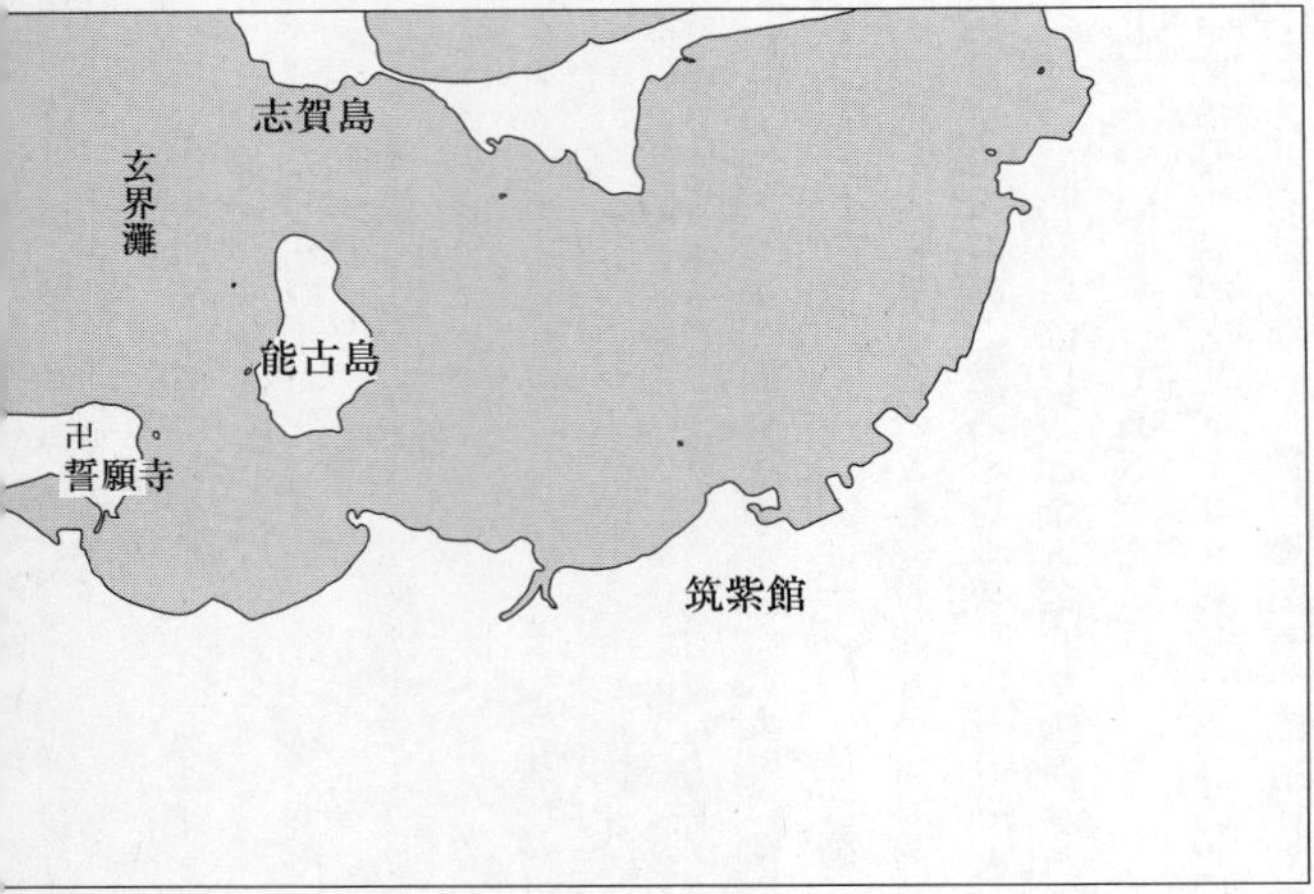

測ると約二〇キロある。一日の航海だったのであろう。

二〇一〇年十月十六日、伊都国歴史博物館での講演が終ると糸島半島北西の芥屋の玄洋館に泊った。芥屋はケヤと発音する。カヤから転訛した地名であろう。

翌日の半島めぐりで、糸島半島、つまり古代の志麻郡の西半分が可也（伽耶か）郷だったのに気付いた。

引津の地名は今日も引津湾や引津神社にのこっていて、可也郷第一の港が引津だったのである。海岸に松原とよぶ砂丘があり、その背後に今日も引津湖とよぶ潟がある。その潟の西方にあるのが有名な御床《みとこ》松原《まつばら》遺跡である。

弥生時代の拠点集落だったとみられ、

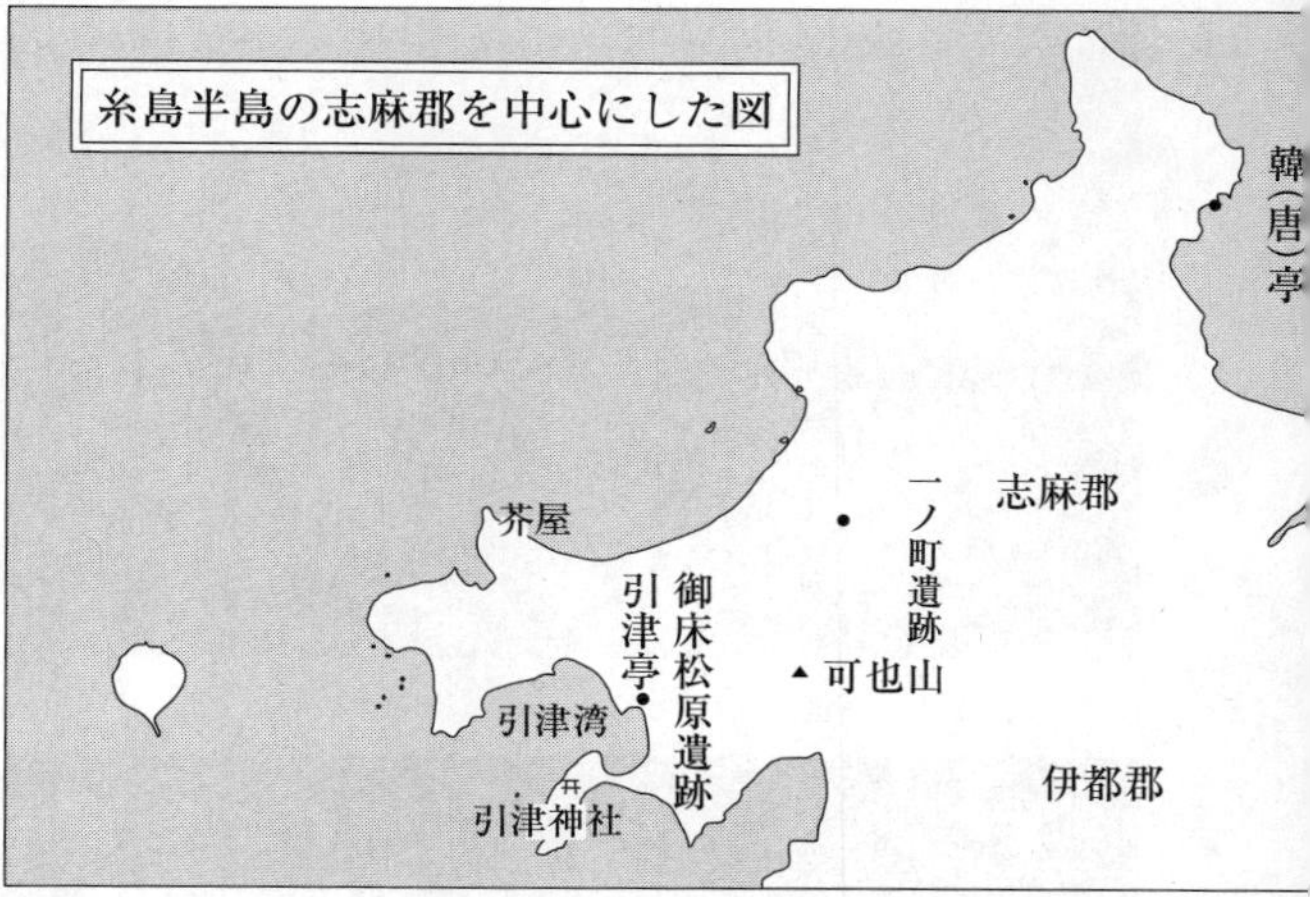

楽浪や伽耶との交流をおもわせる中国の漢代の貨幣（半両や貨泉）がかなりの数出土しているのはよく知られている。御床松原遺跡と萬葉時代の引津亭は、おそらく同じ土地にあったのであろう。

引津亭ではすぐ東方に聳える「可也の山」が詠まれている（三六七四）。大判官の作である。カヤ山は海抜三六五メートルあって形が美しい。筑紫富士とよばれている。伽耶を意識した地名とみられる。

『古事記』の天孫降臨の神話ではニニギノ命らが天降りしたのは「筑紫の日向の高千穂の久士布流多気」としていて、「此地は韓国に向い」とあるのは、志麻の可也山の存在を知っていての文章の混

引津湾から見た可也山

引津神社

乱かとおもう。

『筑前国風土記』の「怡土《いと》郡」の項に、怡土の県主らの祖とする五十跡手《いとて》の話がある。仲《ちゅう》哀《あい》天皇の問にたいし五十跡手は「高麗国意呂山に天より降り来し日桙《ひぼこ》の苗裔の五十跡手これなり」と答えたという。日桙は天日槍のこと、古い渡来人の家に山からの降臨の話が伝えられていたとみられる。なおこの時の歌によって可也山には鹿の多かったことが知られる。

志麻の引津亭を出て唐津湾を横断すること約一八キロで肥前国松浦郡の狛島亭に着き、ここで停泊している。狛島は今は神集島《かしわじま》というが、狛島とよぶことは韓亭などにも通じる。ここでは七首の歌が詠まれ、その最初は秦田麻呂の次の歌である。

帰り来て　見むと思いし　わがやど（屋外《やど》、庭のこと）の　秋萩薄《あきはぎすすき》　散りにけむかも
（三六八一）

旅から帰ったら見ようと思っていたわが家の庭の萩や薄は散ってしまっただろうか、の意味であろう。旅人の感情がよくでているように思う。

狛（柏）島には天慶八年（九四五）、呉越《ごえつ》船が来着したことがある。呉越国は唐末に江南に成立した小国ではあるが、貿易立国をめざし、貿易の相手国に銭弘俶《せんこうしゅく》塔を配布したのは

名高い。

志麻の志登の誓願寺に一基の銭弘俶塔が伝えられていて、福岡藩士でかつ学者としても知られた青柳種信が精査して「呉越国王宝鐸図」をのこしている。ことによると呉越国から志麻の豪族に贈られたものであろうか。

壱岐島の石田野で雪連宅満が死に、対馬の浅茅湾で新羅からの入国許可を待ったが、拒否され、大使の阿倍継麻呂が死（自死）んだことについては先に書いたので省略する。

第七章　地域学からみた東歌

一　上野国の歌が多い理由

この章では地域史の観点から『萬葉集』を検討しよう。『萬葉集』には北海道と沖縄を除く日本列島の各地域で詠まれた歌がある。各地域の歌は大別すると二種になる。一つはその地域の住人が詠んだ歌、もう一つは他の地域から旅をしてきた人が詠んだ歌である。これから述べる東歌《あずまうた》は、ほとんどが前者、つまり地域の住人の詠んだ歌である。

養老元年（七一七）に留学生として入唐し、かの地で盛名をえた阿（安）倍仲麻呂は、唐土で月を見て故郷を偲んだ歌を作った。

あまの原　ふりさけみれば　春日なる　みかさの山に　いでし月かも

この有名な歌は、『萬葉集』にはなく『古今和歌集』に収められている（四〇六）。『萬葉集』のほとんどの歌が倭の地で詠まれているのは、『萬葉集』に収載するさいの暗黙の基本方針があったかと思う。

「山上臣憶良大唐にありし時、本郷を憶《おも》いて作る歌」の題詞のある六三は、そういう意味では例外とおもう。

いざ子ども　早く日本《やまと》へ　大伴の　御津の浜松　待ち恋いぬらむ

だがこの歌も所詮は大唐のことを何も詠んではいない。

ところで近畿地方を別にして地域の観点で『萬葉集』を点検すると、東日本の歌が多く西日本の歌が少ないのに気付く。とくに巻第十四は「東歌」と包括的な総題のあと、まず上総国の歌（一首）、下総国の歌（一首）、常陸国の歌（二首）、信濃国の歌（一首）の計五首の雑歌《ぞうか》とみられる歌を載せ、次に「相聞《そうもん》」の歌として遠江国の歌（二首）、駿河国の歌（五首）、伊豆国の歌（一首）、相模国の歌（一二首）、武蔵国の歌（九首）、上総国の歌（二首）、下総国の歌（四首）、常陸国の歌（一〇首）、信濃国の歌（四首）、上野国の歌（二二首）、下野国の歌（二首）、陸奥国の歌（三首）の計七六首の歌を載せ、さらに「譬喩歌《ひゆか》」として遠江国の歌（一首）、駿河国の歌（一首）、相模国の歌（三首）、上野国の歌（三首）、陸奥国の歌（一首）の計九首の歌を載せている。ここまでの合計九〇首の歌は、すべてどこの国の歌かがはっきりしており、以下の歌とは区別される。以下の歌も「東歌」とおもわれているが国の名の不明な歌なのである。

このあと「雑歌」が一七首つづく。さらに「相聞」が一一二首続く。ここには東歌以外も混じっていてさらなる峻別の必要がある。

このあとが「防人《さきもり》の歌」であって、東国出身者のものとみられる五首がある（巻二十にも防人の歌八四首がのっていて、東国出身者の歌である。これについては後にふれる）。次に五首の「譬喩歌」と一首の「挽歌」があって巻第十四が終っている。以上合計二三八首で、そのうちの九〇首は国の名のわかる意味で正真正銘の東歌である。これらの歌すべてが短歌であることにも注目したい。

ぼくは短歌が好きである。というのは若い時の経験が影響している。二十歳代で東京の出版社から講座に収める一文の執筆依頼をうけた。最初の約束事はどの原稿も四百字詰原稿用紙で二〇枚と指定されていた。

本が出来るとF氏執筆文だけは他の人の三倍ほどの分量である。出版社に尋ねると本人の希望で短くするのを拒否され、やむなく一つだけ分量を増やしたという。

約束事までを知らない読者はF氏の文が力作であるという評価を下し、ぼくの耳にも達してきた。ぼくは不愉快になった。

このころから皆が短歌で気持を表現している時に、一人だけ約束事を無視して詠むのが長歌だというような気がして、ぼくは長歌に親しみを感じなくなった。ついでながら、よい原稿とは指定の枚数と締め切り日を守って書くことが大前提とぼくは思っている。

九〇首の国名を明らかにした東歌でまず気付くことは、上野国の二五首が段突に多い。二位は相模国の一五首、三位は常陸国の一二首である。

上野国の歌が圧倒的に多いことは考古学からみても合点がいく。というのは前方後円墳の数が関東でもっとも多いのが上野国であるし、六〜七世紀の古墳出土の馬具が全国的にみても最多の地が上野と信濃である。

それればかりではなく、わが国の伝統的な葬送儀礼として各種の埴輪《はにわ》を古墳に立てることも上野国では大流行する。近畿地方では六世紀中頃で埴輪祭祀がおこなわれなくなったが、そのあとも約一〇〇年間はそれが続いているし、この期間にさらに発達させた気配がある。創造力というか独創性があることをこの地域は感じさせる。

七〜八世紀には、古墳のほとりに碑を建てたり（山ノ上碑）、新たな郡の誕生を記念して碑を建てたり（多胡《たご》碑）、仏教に帰依した男女（女が圧倒的に多い）が先祖や父母への菩提のための決意を表明する（金井沢碑）など、さまざまの動機や経過を述べた銘文を碑に刻んで建てた。このような碑は近畿地方では顕著な例は一基しかのこっていないが、関東や東北には点々とのこっている。それのもっとも多いのが上野国であり、上野三碑とよばれている。

さらに関東や東北の一部では、七〜八世紀の土器に墨で字を記した墨書《ぼくしよ》土器の出土がすこぶる多く、ぼくはこのことは東国での文字文化の普及の証であると常々考えている。関東出土の墨書土器には、八世紀にすでに畠という倭（国）字が創られていたことを示す例（千葉県吉原山王遺跡の「吉原大畠」の墨書土器）もあって、関東の文字文化の高さを示している。

今回はこの問題には深入りしないが、上野国に上野三碑という文字文化の高さを示す遺品が今日もそれぞれの土地にのこっていることと、東歌での歌の多さには、根底に共通する文字文化の普及があることを見落としてはならない。

「上野国の歌」と左註で「上野国」を使っているが、それぞれの歌では「可美都気努」と表記するのが九首、「可美都家野」とするのが二首あって、地域の人々はカミツケノ（ヌ）つまり上毛野の古い発音を使っていたことが分かる。

毛野は群馬県全域と栃木県の西部をあわせた土地で、五世紀に上毛野国と下毛野国に分かれたとみられている。今日でも二毛作の言葉を使うように、毛は農業生産物の豊かさを示すとみてよい。なお農業生産物には狭義の食物だけでなく、織物の原料としての麻や苧《お》

（カラムシ）などをも包括しているとみてよかろう。

二　伊香保と榛名山の大噴火

『和名抄《わみょうしょう》』によると上野国には一四郡があった。だが東毛（東上野）と西毛（西上野）では遺跡の数や在り方がかなり異なる。先ほどあげた上野三碑も西毛の、しかもごく狭い範囲にかたまっているのである。

西毛の北部には榛名《はるな》山が聳え名神《みょうじん》大社の伊加《いか》（香）保《ほ》神社があるし、東毛つまり東上野の北部には赤城《あかぎ》山が聳え名神大社の赤城神社が鎮座し、いずれも地域の信仰にとって重要である。

『萬葉集』の東歌には「伊香保」は八首に詠まれている。地名の表記は八首とも「伊香保」で統一されている。これにたいして赤城は山、神社とも詠まれていない。このことは「上野国の歌」とはいえ、西毛で詠まれた歌が多そうであるという見通しの材料となる。それはすでに述べた顕著な前方後円墳が西毛に多いことを例にとっても根はおなじであろう。

榛名山は度々の噴火によって西毛の広い範囲に災害をもたらした。西毛は上野と信濃の国境に聳える浅間山の噴火にともなう軽石の降下もうけ、西毛での発掘ではしばしば生々しい火山災害の様子や、それを克服した人びとの復興の努力の跡を読み取ることができる。とくに榛名山の二ツ岳は古墳時代に大噴火をおこし、西毛一帯に厚い軽石層を堆積させた。それは六世紀の初めと後半の二度であるから、『萬葉集』に歌をのこした人びとにもその災害は語りつがれていたとおもえる。

伊香保が詠まれている八首の歌には、その山（嶺）の脅威を感じさせるものはない。あえていえば次の歌に少しあらわれている。

伊香保嶺に　雷《かみ》な鳴りそね　わが上には　故は無けども　児らによりてそ（三四二一）

〝伊香保の嶺に雷を鳴らさないでほしい。子供たちが恐がるから〟の意味であろう。

榛名山の東麓から南麓にかけての低地は利根川の上流である。利根川の本流は榛名山東麓の広い地域に及んでいるが、伊勢崎の南方において烏《からす》川、碓氷《うすい》川、鏑《かぶら》川、神流《かんな》川に分かれ西毛の主要部に流れている。西毛の繁栄は利根川の流路によって武蔵とつながり、ひいては太平洋にもでられたこととも関係するであろう。

利根川の現在の河口は千葉県銚子市で、太平洋に流出している。だが川筋の付けかえ工事のおこなわれた一七世紀以前の河口は、今日の江戸川で東京湾（ぼくのいう総武相《そうぶそう》の内海、東京という言葉は一八六八年より前にはなかった）に流出していた。なお利根川の利根の地名は上野の郡の名である。

利根川は東歌のなかの「上野の歌」にある。

刀祢川の　川瀬も知らず　ただ渡り　波にあふのす　逢える君かも（三四一三）

この歌は、〝橋のまだない利根川を川瀬（浅いところ）の位置も知らずに直線で渡ってしまい波にぶつかっても君は逢いにきてくれた〟の意味であろう。これも西毛の人の歌であろう。

三　佐野という土地

東歌の「上野の歌」で目につくのは佐野の地名である。左野（三四〇六）、佐野（三四二〇）、佐野田（三四一八）の三首で、「相聞」におさめられている左努夜麻（山）（三四七三）を加えて四つの歌に西毛の佐野が詠まれている。

四首のうち三四二〇が人口に膾炙しているし、歴史的にも重要とおもうので取りあげよ

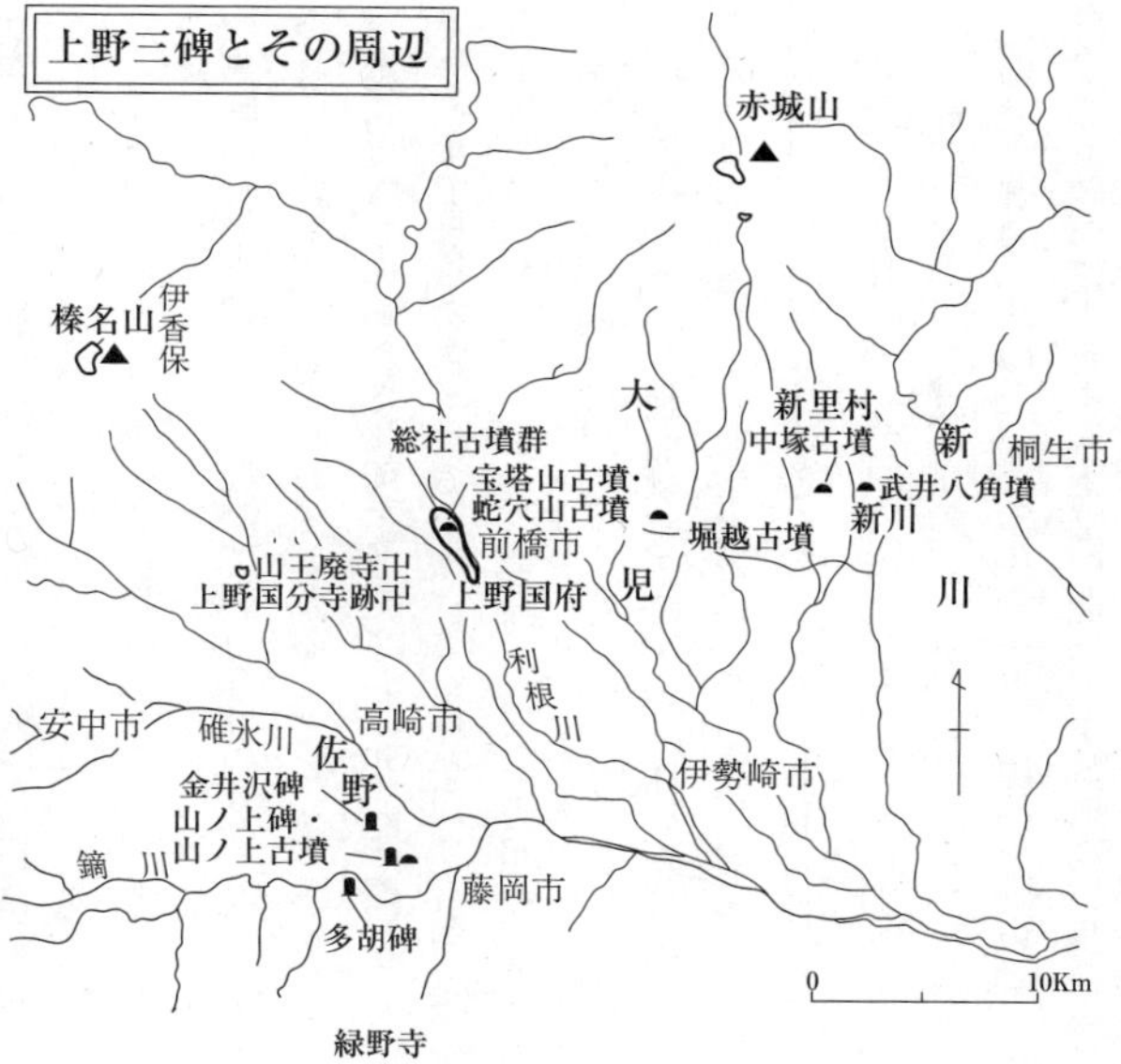
上野三碑とその周辺
赤城山
榛名山
伊香保
総社古墳群
宝塔山古墳・
蛇穴山古墳
前橋市
山王廃寺卍
上野国分寺跡卍
上野国府
大
児
新里村、
中塚古墳
新
川
桐生市
武井八角墳
新川
堀越古墳
利
根
川
安中市
碓氷川
高崎市
佐
野
伊勢崎市
金井沢碑
山ノ上碑・
山ノ上古墳
鏑
川
藤岡市
多胡碑
緑野寺
0
10Km

う。

上毛野　佐野の「布奈波之」（舟橋）取り放し　親はさ（裂）くれど　吾は避《さか》るがえ

佐野の舟橋をばらばらにして親は私達をさこうとするがそうは出来ないぞ、の意味であろう。この歌についても後でふれることになる。

舟橋は渡しのあった場所に設置される小舟を繋いだ橋である。橋脚を具えた常置の橋ができるまで舟橋ですませることはよくあった。有名な宇治橋も昔は舟橋でなかったかとする私見を述べたことがある（『京都の歴史を足元からさぐる』「宇治・筒木・相楽の巻」の「宇治橋と宇治橋碑」の項）。

西毛の佐野という地名は、上野国の一四の郡の名にはない。『古事記』や『日本書紀』のような都で編纂された歴史書にも記されていない。八世紀後半か九世紀になって、律令政府によって消された地名であろう。

辛《かのと》己（巳《み》）年（六八一）に建立された山ノ上碑に「佐野三家」があり、神亀三年（七二六）に建立された金井沢碑に、「下賛郷」として記される地名である。

山ノ上碑の碑文のなかの「佐野三家」は「佐野屯倉《みやけ》」のこととみられるし、金井沢碑の碑文では碑の建立者を「上野国群馬郡下賛郷高田里三家子孫」と記していて、佐野という土地が下賛郷と上賛郷に分かれていたことがうかがえる。下賛は下佐野を二字で表すために工夫されたとみられる。

山ノ上碑では「佐野三家」とでており、金井沢碑では「下賛郷高田里の三家の子孫」とあったから、六八一年の佐野三家の一部が「下賛郷高田里の三家の子孫」として氏名《うじな》のように使われたのである。

『萬葉集』の「上野国の歌」も地域の史料とみてよかろう。とすると佐野三家（屯倉）の佐野は、七世紀後半から八世紀前半にかけての地域の史料で使われた地名とみてよい。

利根川の上流に流れる支流の一つが烏川である。今日の高崎市に三つの佐野の地名がのこっている。烏川左岸で河岸に近い。北から上佐野町、佐野窪町、下佐野町で約二キロの範囲に及んでいる。

下佐野町の対岸には金井沢碑が建っているから、金井沢碑の碑文にある下賛郷が今日も下佐野町の地名となっているとみられる。なお山ノ上碑は金井沢碑の南東約一・三キロにあって、ともに所在地は高崎市山名町である。山名は後にふれるように多胡碑が建立されるまでは片岡郡山等郷であった。なおこの山名は、南北朝ごろから室町幕府のなかで重きをなす六分一衆として知られた、守護大名の雄としての山名氏の本拠地である。山名氏は古代の佐野で勢力を蓄えたのである。

先ほど上毛野の佐野の舟橋を詠んだ三四二〇の歌を引いた。現在の地形では烏川左岸には多くの人家の建つ三家の中心地があったと推定されるが、烏川を渡った対岸は山地形がつづき、三四七三では佐野山に樵《きこり》仕事とおもえる斧の音が響いていたと詠まれている。多くの人家があったとはおもえない。それにもかかわらず、舟橋を設置した。

下賛郷の人たちが仏教の信仰を保持するため、女性たちが主力となって金井沢碑を建てたことは碑文によって明らかである。

「三家の子孫が七世の父母や現在の父母のために、家刀自《いえとじ》、池田君目頰《めづら》刀自やその児の加那刀自、孫の物部君午足《うまたり》・さらに馴《ひづめ》刀自や乙馴刀自合わせて六口、また知識を結んだ三家毛人や知万呂、鍛師礒ア君身麻呂の合わせて三口、かく知識を結んで天地に誓《の》み願い仕え奉る石文」であったから、仏法の信仰心をより強力なものとするためしばしば対岸へ渡って金井沢碑に祈願したとおもう。とすれば佐野に舟橋を設けたのは神亀三年ごろかその少しあとで、家刀自たちがこの事業を推進したのであろう。なおアは部の減筆文字で、古代日本で大流行した。とくに平城宮木簡には多用されている。一種の国字である。

先ほどあげた佐野の舟橋の歌（三四二〇）の最後の句の「吾は避るがえ」は恋のことではなく、信仰心をいったとみられないか。もしそうならこの歌の作者は金井沢碑に名の出ている誰かであろう。

ところで佐野三家はどうして繁栄したのだろう。佐野の少し下流に江戸時代の倉賀野《くらがの》宿跡がある。古代には佐野屯倉の範囲とみられる。利根川の河川交通の起点であり、また中山道の重要な拠点（宿）でもあった。今日も河岸に当時の護岸施設がのこっている。

佐野三家も倉賀野と同じような利根川の河川交通の重要な拠点であり、港町的性格の強い土地だったとみられる。屯倉といえば豊かな穀倉地帯に設けられたとする思いこみがあるけれども、このような港町的性格の屯倉も各地に点在していた。筑紫の糟屋《かすや》屯倉や紀伊の海部《あまべ》屯倉などがそれである。

四　山ノ上碑や緑野屯倉のこと

安閑天皇の二年（五三五か）、各地に屯倉が設けられた。そのなかに上毛野国の緑野《みどの》屯倉がでている。緑野は西毛にあって上野国の一郡でもある。この地の緑野寺（浄法寺）は平安時代前期に都にはなかったすぐれた一切経を持っていた寺として名高いし、最澄もこの寺を訪れ関東布教の拠点にしようとした。緑野の地も利根川の支流の神流《かんな》川のほとりにあって、佐野三家と同じような役割が考えられるが後考にまつ。

緑野屯倉の設置の直前（安閑天皇元年十二月）に武蔵国造笠原直《かさはらのあたい》使主《おみ》が同族の（笠原

直）小杵《おぎ》と国造をめぐって対立した。このとき小杵は上毛野君小熊に援けを求め、使主を殺そうとした。そこで使主が京に詣でてヤマト政権の援助を求めた。ヤマト政権では笠原直使主を国造として小杵を殺した（『日本書紀』）。この時、使主は国家に横渟《よこぬ》（武蔵の横見）、橘花（武蔵の橘樹）、多氷（多摩か）、倉樔（武蔵の久良）の四カ所を屯倉として奉った。総武相の内海に臨んだ地が多く、ヤマト政権の希望によるとみられる。笠原は武蔵の国造と記されていて、埼玉県稲荷山古墳出土の鉄剣銘文中に、雄略朝にいた乎獲居臣《おわけのおみ》の一代前の上祖「加差披余」がいた。笠原であろうか。

緑野屯倉とは元は小杵がもっていた土地であろう。佐野三家かその前身もこのときに設けられた可能性がある。小杵を支援して敗れた上毛野君小熊の支配地が紆余曲折をへて佐野屯倉となったのであろうか。ただし『日本書紀』の安閑天皇二年五月に設けられた二十六の屯倉で関東にあるのは緑野屯倉だけであるから、この年に設置された屯倉は武蔵国や上毛野国でのトラブルだけが原因ではない。

山ノ上碑は碑のかたわらにある山ノ上古墳の被葬者のために建てられた。山ノ上古墳は上野国でも数が少なくなる終末期古墳で、碑文中にある辛巳年《かのとみ》（六八一）と矛盾しない。

碑文によればこの古墳の主は、佐野三家を定めた健守命《たけもり》の孫の黒売刀自《くろめ》であり、児の長《ちょう》利僧《りのそう》が母のために記した文で、長利僧は放光寺の僧とある。上野三碑についてはかなり前の出版だが入門書として、尾崎喜左雄氏の『多胡碑』が便利である（中央公論美術出版）。

長いあいだ放光寺は山ノ上古墳近くの小さな寺かと考えられていたが、そうではなかった。山ノ上碑の北北東約一五キロに上野国府跡、上野国分寺跡、国分尼寺跡とさらにそれらの律令政府の統治施設ができるより前に建立された山王廃寺跡がある。上野国でも最古の本格的伽藍であるだけでなく、関東全域でもごく初期の寺院である。

さらにほぼ同じ地域に総社《そうじゃ》古墳群とよばれる、古墳時代後期から終末期に造営された古墳群がある。この古墳群では後期に前方後円墳を築いていたのに、終末期になると大方墳を築いている。このことは畿内の大王家の古墳の推移と軌を一にしているばかりか、終末期古墳としての宝塔山古墳は、畿内の同時期の大王陵の規模にも匹敵するほどである。上毛野氏の奥都城《おくつき》とみられる。

山王廃寺の整備事業にともなう発掘にさいして放（方）光寺の字をヘラ描きした十数点の瓦が出土し、山王廃寺が放光寺だったことがわかった。

長利僧はたんなる僧というより、平安時代の天皇のなかに僧籍に入った法皇がいたように、僧籍に入った上野の豪族とみられるようになった。

佐野三家を定めた健守命は都から派遣されてきた豪族ではなさそうである。というのは山ノ上碑の銘文に長利僧とは「黒売刀自が新川臣《にいかわ》の児斯多々弥足尼《すくね》の孫大児臣に娶《めあ》いて生める児」とある。

新川臣も大胡臣《おおご》も東毛の豪族で、どちらの地にも終末期古墳をのこしている。とくに新川では火葬骨を蔵したとみられる八角墳があって、早くに火葬を実践している。このように佐野三家を定めた健守命の孫の黒売刀自の出自では、上野の豪族のあいだで強い婚姻関係をもっていたことがわかる。健守命も上毛野氏だったのではないか。

以上佐野という土地で読めそうな歴史を素描してみた。なお黒売刀自から三代前に佐野三家ができたとするとそれはほぼ推古朝である。『日本書紀』では推古天皇の十五年（六〇七）に「国ごとに屯倉を置く」の短い記事があって参考にはなる。なお三家は御家のことで、豪族の私的な施設として屯倉と区別したのであろうか。

五　上野国の蝦夷の移住

この項でふれねばならないことがもう一つある。緑野郡に限ったことではないが、西毛には渡来人が多いし、蝦夷《えみし》（毛人）系集団も各地にいた。このことも西毛に繁栄をもたらした原因とみられる。多胡《たご》郡は和銅四年（七一一）に新しく建郡された。多胡は文字通り胡人の多い土地、その胡とは新羅系渡来人とみられる。多胡碑の形状そのものが新羅風であることはよく知られている。

多胡碑では上野国の片岡郡、緑野郡、甘楽《から》郡の三郡のうちから、二百戸を割いての建郡と記している。このことについては『続日本紀』はさらに詳しく「上野国甘楽郡の織裳《おりも》、韓級《からしな》、矢田、大家《おおやけ》、緑野郡の武美《むみ》、片岡郡の山《やまな》等の六郷を割きて別に多胡郡を置く」とある。なお山等は後の山名であり、これを参考にすると上野三碑はすべてが多胡郡またはその隣接地にあったことになる。間違ってはいけないのは三家のあった佐野は群馬郡にあったことだ。

『和名抄』で上野国の西毛の各郡をみると、碓氷郡に俘（浮）囚郷がある。多胡郡にも俘囚郷はあるし緑野郡にも俘囚郷はある。俘囚とは公民化した蝦夷のことで、時にはその軍事力が尊ばれた。

弘仁三年（八一二）に注目すべき史料がある。「出羽国の田夷置井出公呰麻呂《あざまろ》ら十五人に上毛野緑野直の姓を賜う」（『日本後紀』）。

この場合の上毛野と緑野はともに地名であって、緑野郡へ移住してきた俘囚の記事だったとみられる。出羽の蝦夷はしばしば蝦狄と書いて、陸奥の蝦夷とは区別された。北まわりの日本海交易に従事した者もいたとおもわれる。なお緑野郡に尾張郷がある。考古学的には古墳時代の東海系の土器が関東からまとまって出土することがあり、東海系の人々の移住も考えられていて、尾張郷はそのことの資料ともなる。

以上多岐にわたることを書いたが、要するに「上野国の歌」とは西毛の地で詠まれた歌が多いのであり、地域学の単位をさらに狭くする必要がある。

第八章　東歌から東《あずま》の特色をさぐる

一　手作りと商布

「武蔵国の歌」の筆頭にあげられている多麻河にさらす「弖豆久利《てづくり》」の歌は、古代東国の特異性をさぐるうえで重要である。まず歌を掲げよう。

多麻河に　さら（曝）す「弖豆久利」　さらさらに　何そこの児《こ》の　ここだかな（愛）しき（三三七三）

多麻河は多摩川のこと、多摩は一字で玉とも書き（武蔵国分寺出土の郡名瓦）、『和名抄《わみようしよう》』が記す武蔵国の二十一の郡の筆頭にあげられている。

多摩川の水に曝して完成させた布の原料は、麻や紵《からむし》などの植物からとる繊維であるが、その繊維から紡錘車《ぼうすいしや》という道具を使って紡いだ糸を織って織物とするのは、農家の女たち

表1　商布を交易雑物で出した国

関東		関東以外	
武蔵国	11100	駿河国	2100
安房国	2280	甲斐国	4100
上総国	11420	信濃国	6450
下総国	11050	越中国	1200
常陸国	13000	越前国	1000
上野国	7730		
下野国	7003		
相模国	6500		
計	70083		14850

（『延喜式』による。単位は段，１段は２尺＝約 7.8 メートル）

が手作ったのである。調布や庸《よう》布は税として政府に納める布だから、規格は長さ二丈六尺に定めてあった（賦役令）。

税として納める布のほか、商業活動で流通する布も多く、これは調布や庸布と区別して商布とよばれていた。『延喜《えんぎ》式《しき》』には国々の商布の数を交易物として掲載している。その数は表で示すが、数の多いほうから常陸、上総、武蔵、下総、上野、下野、相模、安房の順となる（表1参照）。

関東以外では信濃、甲斐、駿河、越中、越前からも納めている。信濃と駿河などの国も東国に含まれ、防人《さきもり》の出る国でもあったが、全部をあわせた生産量が常陸一国ほどであった。つまり八世紀から九世紀ごろの商布は関東が一手に担当していたといってよく、おそらく関東各地の畠では麻や紵が一斉に栽培されはじめていたとみられる。稲を植える水田より麻や紵を植える畠のほうが多い地域も少なくなかったと推定される。なお東国での絹は奈良時代から少しずつ増える傾向はあった。

関東で生産される商布は商人の手によって近畿などへ運ばれた。商布を扱う商人は商旅《しょうりょ》とよばれ、後に述べるように巨万の富を築いた者もいた。関東から近畿までは主に陸路によって馬に荷をつけて運ばれたが、一部を海路にすることもあった。

商旅は男性が多い。だが故郷の関東にあって、農家から商布を買い集めて運び出す仕事は商旅の妻が担当したとみられる。関東では女性の力が強かったことは、すでに西毛でいくつかの例を見たが、大きな商旅は今日の商社のような働きをしていたのである。

東国のどこでの歌かは分からないが、次の歌も手作り布の生産に関するものだろう。

麻苧《あさお》らを　麻笥《おけ》に多《ふすさ》に　績《う》まずとも　明日きせさめや　いざせ小床《おどこ》に（三四八四）

意味は、〝麻や苧《お》（紵）を麻笥《おけ》（容器）いっぱいの糸にしても、明日着物としては着られないでしょう。（だからもう仕事はやめて）床に入りましょう〟であろうか。おそらく夜まで麻や苧を糸にする仕事をしている妻に男がさそいかけた歌であろう。このような仕事の一つずつが膨大な商布となるのだった。

相模国人とみられる漆部伊波《ぬりべのいは》も商旅から身をおこしたのであろう。伊波は東大寺の大仏殿建立にさいして商布二万端（段）を寄進し、そのことにもよって天平二十年（七四八）に外従五位下の位を授かった。外従五位下の位をもらうと商業活動をより大きくすることができた。

平城京の東市の近くに相模国の調邸があって、相模国の物産を売る拠点としたようである。調邸の東側に運河があって、物資の輸送の便があった。漆部伊波と平城京の相模国調邸との関係は調べきれていないが、いずれにしても相模国の人たちが積極的に都で物資の売却に努めていたことが分かる。なお伊波は神護景雲二年（七六八）に相模宿禰《すくね》の名と姓を与えられ相模国造になった。したたかな政商といってよい。だが伊波の成功のためには無数といってよいほどの農家の女たちの努力があったことを忘れてはならない。

二　東海道の関東、東山道の関東

東歌《あずまうた》には関東の名山が次々に詠まれている。駿河国の不自、布自、不盡、布時などと表記された富士山、相模国の安思我良、安之我良などと表記された足柄山、さらに可麻久良夜麻と表記された鎌倉山、常陸国の筑波祢と表記された筑波山（嶺）、先にも述べた上野国の伊香保呂と表記された伊香保の山（呂の意味は不明）、児毛知夜麻と表記された子持山、宇須比の夜麻と表記された碓氷《うすい》の山、下野国での美可母乃夜麻（三鴨山か）、陸奥国の安太多良山と表記された今日の安達太良《あだたら》山や安比豆祢（会津嶺、磐梯山か）など現在でも人気のある山がよく詠まれている。

これは川についても言えそうである。相模国の鎌倉の美奈の瀬河（今日の稲瀬川か）、武蔵国の多麻河（多摩川）、信濃国の知具麻の河（千曲川）、上野国の刀祢河（利根川）など各地の名高い河が歌に詠まれている。

東歌を考えるとき、もう一つの視点も重要である。それは関東には二つの地形の国々があるということである。東海道としての臨海の国々と、東山道としての海に臨まない山地形の多い国々である。

武蔵国は海にも臨むが秩父のような山地形も多い。宝亀二年（七七一）までは東山道に属していたが、それ以後は東海道に属した。武蔵国の帰属をめぐってのこの変化は、近畿から武蔵に至る交通手段を、主に陸路に依存していたか、それとも太平洋沿岸航路が発達を始めたかの違いによるであろう。

東歌の冒頭の二首は「上総国の歌」と「下総国の歌」である。上総国と下総国は元は「総国」だったとみられる。地図で見ると苦瓜（ゴーヤ）の実のような形だが、糸を束ねて垂らした形からついたとする古伝がある。『古語拾遺』によれば、〝麻は阿波国で栽培を始めたが、東土に好《よ》き麻の生《は》える所を求めた。これが総国という〟とある。

前に『延喜式』の交易雑物としての商布の生産額を表にした。上総国一一四二〇段、下総国は一一〇五〇段で、総国として合計すると二二四七〇段で東国では第一位となり、麻の生産地としての総国に留意する必要がある。

上総国に望陀《もうだ》郡がある。その地名を冠した望陀布があって、養老令の「賦役令」にも『延喜式』の主計の項にも記されている。巻第十四の「宇麻具多」を詠んだ二首の「上総国の歌」(三三八二、三三八三)は望陀を詠んだのであろう。宇麻具多は『古事記』や「国造本紀」に見える馬来田の別の表記であろう。

望陀郡内にあったとみられる木更津市の金鈴塚《きんれいづか》古墳は後期末(六世紀末)の前方後円墳だが、武具や馬具など豪華な副葬品があった。この古墳からは、断片になっていたけれども、多種類の織物断片が出土した。望陀の地では布に限らず高級な織物も生産していたらしい。なお金鈴塚古墳の被葬者は海で活躍した豪族とみてよかろう。

三　海上郡の役割と姉ヶ崎古墳群

巻第十四の東歌の冒頭が次の「上総国の歌」である。

夏麻《なつそ》引く　「宇奈加美」(海上)　潟の　沖つ渚《す》に　船はとどめむ　さ夜更《ふ》けにけり(三

三四八）

歴史的なキーワードが二つでている。夏麻と海上潟《うなかみ》である。巻第七にもこの二つのキーワードが歌に詠まれている。

夏麻引く　海上潟の　沖つ洲《す》に　鳥はすだけど　君は音《おと》もせず（一一七六）

これらの二つの歌は、ことによると同じ作者の歌ともみられ、ともに海上潟の情景を詠んでいる。ただしこの歌にでている海上潟は、すでに土砂の堆積が進み、船は沖の渚（洲）の手前で停泊したとみられる。夏麻とは早めの夏に収穫する麻のこと、稲でいえば早稲であろう。

ところで厄介なことがある。『和名抄』によると上総国にも海上郡があり、下総国にも海上郡がある。上総国の海上郡は総武相の内海に臨み、今日の市原市の西南部域であろう。

これにたいして下総国の海上郡は太平洋に臨み、九十九里浜の東部にある。海上町《うなかみまち》は元の海上郡のごく一部であろう。

この二つの海上郡は約五〇キロは離れ、途中に山地形がつづき、本来一つの海上という国があった気配はない。

ヤマト政権の古い体制についての伝承を述べたとみられる『先代旧事本紀《くじほんぎ》』の「国造本紀《こくぞうほんぎ》」には、東国の国造として「上《かみの》海上国造」と「下《しもの》海上国造」とをあげている。「上海上国造」の次には「伊甚国造」があり、「下海上国造」の前には「印波国造」があり、南関東の国造について述べていることは明らかである。海上国造の上と下が、七世紀に総国が上総国と下総国に分かれるときも上と下の基準として影響したのであろう。

なお大伴家持のころに下総国の防人部領使《ことりづかい》がまとめた歌の作者に、海上郡の海上国造他《おさ》田日奉直得大理《だのひまつりのあたいとこたり》がいた。歌（四三八四）は略す。

『古事記』でも天照大神と須佐之男命が天の安河で誓約《うけい》をしたときに生まれた神の子孫のなかに、「上菟上《かみのうなかみ》国造と下菟上国造」とがある。菟上は海上のこととみられるから、上海上国と下海上国の二つが併存したことは古墳時代に遡るとみてよい。

上海上の地には古墳時代の前期から多くの古墳が造営されている。とくに市原市の神門《ごうど》古墳群には全国的にも初現期の前方後円墳があって、ヤマト政権にとっての東国進出の拠点があったとみられている。

上総国の海上郡の東隣が市原郡である。『和名抄』に記された郡ではあるが、古墳時代には市原郡も海上郡（仮称上海上国）だったのではないかと推察される。

市原郡と海上郡との中世や近世の境は養老川だが、この川の下流の台地上に神門古墳群がある。数少ない初現期の小型の前方後円墳からなる古墳群だが、五号墳だけが保存されている。このように関東での最古の前方後円墳が市原市域にあることから、初現期の前方後円墳の被葬者は海と深い関係があった人物とみられる。つまり初期のヤマト政権の東国進出の拠点が総武相の内海に臨んだ上総の地にあったのであり、上海上国造の役割が推測できる。

神門古墳群を訪れたとき驚いたことがある。それは上総国国分寺は神門五号墳の至近の地にあることである。この地の大字名は惣社《そうじゃ》であることから、上総国の国府もこの地にあったとみられる。このように養老川下流の地は初期ヤマト政権以来、ヤマト政権にとって重要拠点でありつづけたのである。

市原市山田橋の稲荷台に稲荷台古墳群がある。円墳で構成される古墳群で、五世紀代の古墳である。一号墳は古墳群中では最大規模の中型の円墳である。ところが出土した鉄剣に銀象嵌《ぞうがん》で「王賜□□敬□」（表）と「此廷刀《?》□□」（裏）の文字が検出された。

銘文中の「王」をヤマト政権の王とは速断できないが、埼玉稲荷山古墳出土の鉄剣銘文や上野三碑などとともに東国の文字文化の高さを示す資料とみてよい。

養老川河口の左岸の海岸近くの台地上に姉ヶ崎古墳群があって、上海上国の代々の首長の墓と推定する研究者が多く、それでよかろう。

古墳時代前期（四世紀）から前方後円墳の造営が始まり、七世紀まで古墳の造営がつづいている。前期の天神山（大塚）古墳が墳長一三〇メートルと堂々とした規模をもち、それ以来この古墳群では前方後円墳の規模が漸次縮小される傾向にはあるが、最後の六孫王原古墳まで前方後円墳の造営をつづけている。このことは一つの特色とみてよかろう。

後期初頭の山王山古墳（墳長約八〇メートルの前方後円墳）からは、金銅製の冠など王者の装いを示す遺物が多い。なお姉ヶ崎の海岸に潟の地形が復元されるかどうかは海岸線の変動が激しく、今のところ手がかりはない。

姉ヶ崎から養老川河口（左岸）にかけては椎津《しいづ》、今津、出津《でづ》などの地名がのこる。とくに椎津には中世に椎津郷があり、海岸には室町時代の椎津城跡がある。この城は潟港の防衛のための居城と考えられ、潟をさぐる一つの手がかりをあたえる。

ところで上海上と下海上がどうして房総半島の基部の東西に併存しているのだろう。考えられることは、下海上は常陸国より北東の、主として蝦夷の国々との海上の交易を担当したということだ。これにたいして上海上は総武相内海内の海上交易や太平洋沿岸の交易（多くは伊勢や尾張を目標とする）を担当したのだろう。とくに太平洋沿岸の古代の海上交易では、伊勢からさらに南西へ向い熊野灘を通過して大阪湾へ至ることは少なかったと推測できる。海上交通では伊勢が東国からの到達の目的地だったのである。

四　真間の手児奈と真間の浦廻

下総の真間《まま》とその地の娘の手児奈《てこな》（名）を詠んだ歌は海や港と女性の関係でも注目される。まず東歌の二番めの「下総国の歌」を引こう。

「可豆思加」（葛飾・勝鹿）の　真間の「宇良未」（浦廻）を　漕ぐ舟の　舟人《ふなびと》騒ぐ　波立つらしも（三三四九）

この歌は総武相の内海の最北部にある葛飾《かつしか》の真間の港の賑いを詠んでいる。真間は東日本の方言で崖の意味である。市川市の国府台地先端下にあって、総武相の内海に臨み、江戸川下流の左岸にあたる。往時は江戸川河口が潟に似た地形（浦廻《うらみ》）の様相を呈していたと推定される。

今日では江戸川が千葉県（市川市）と東京都（葛飾区）の境になっているが、古代には東京都の葛飾区も下総国の葛飾郡のうちの葛西《かさい》だった。

今日も東京都の隅田川にかかる橋を両国橋といっているが、これは下総国と武蔵国の境にかかるところからついたのである。

江戸川の地名を古代に使うのはおかしい。古代には太日（井）川とよんでいたとみられる。太日川より西方の葛飾（葛西低地）を詠んだと推定されるのが次の歌である。この歌は「下総国の歌」四首のうちの三番めの歌である。

鳰鳥《におどり》の　葛飾早稲を　饗《にえ》すとも　その愛《かな》しきを　外《と》に立てめやも（三三八六）

鳰鳥は水にもぐる「かいつぶり」のこと、これは可豆思加の地名の潜《かづ》くにかけた語で枕詞とみてよかろう。葛飾、とくに葛西低地の早稲は中世や近世にも名高く、この地の稲は実がはいりにくいといわれた。そのため早めに藁を刈りとって、各種の藁製品を特産品にしていた。つまり食べてもうまい米にはなりにくかった土地の米を詠っていて、その観点でみると何か意味がでないか。メモとして書いておく。

四首の「下総の歌」のうち、一番め（三三八四）と二番め（三三八五）はどちらも葛飾の真間《まま》の手児名《てこな》を詠んでいる。真間の手児名についてはすぐ後で説明する。四番めの歌は真間の賑わいを物語るので掲載する。

足《あ》の音《おと》せず　行かむ駒もが　葛飾の　真間の継橋《つぎばし》　やまず通わむ（三三八七）

この歌によって真間には継橋《つぎはし》が架けられていたことが分かる。橋脚はあるが、橋は直線でなく途中で継いだようになった橋だった。その上を足音をたてない馬で通れるとよいのにという意味だったのか。橋は太日川に架かっていたのではなく、太日川の支流の真間川に架かっていたのだろう。

ところで真間の手児奈を詠んだ二首の歌は、作者不明ながら率直な作である。

葛飾《かづしか》の　真間の手児奈を　まことかも　われに寄すとう　真間の手児奈を（三三八四）

葛飾の　真間の手児奈が　ありしかば　真間の磯辺《おすひ》に　波もとどろに（三三八五）

前の歌は、〝あの有名な手児奈が私に心を寄せているという。本当だろうか〟の意味である。

後の歌は、〝あの有名な手児奈がいた真間だから、真間の磯辺では波がとどろいている〟の意味だろう。

真間の手児奈の墓というのが奈良時代にあったようである。巻第三に山部宿禰赤人の、真間の手児奈を詠んだ三首の歌がある。その題詞は次のように述べている。

勝鹿《かづしか》の真間娘子《おとめ》の墓を過ぎしとき、山部宿禰赤人の作る歌一首　幷に短歌（東の俗語に云う、「可豆思賀」の「麻末《まま》」の「弖胡《てご》」

古《いにしえ》に　在《あ》りけむ人の　倭文幡《しつはた》の　帯解きかえて　廬（伏）屋立て　妻問《つまど》しけむ　「勝壮鹿」（葛飾）の　真間の手児名の　奥槨《おくつき》（都城）を　こことは聞けど　真木の葉や　茂りたるらむ　松の根や　遠く久しき　言《こと》のみも　名のみもわれは　忘らゆましじ（四三一）

さすがに赤人の歌である。大意は、〝古にいたという人が倭製の帯を解きかわして、粗末な家で結婚生活をしたであろう葛飾の真間の手児名（手児は東国方言でのいとしい娘）の奥都城《おくつき》がこの辺りだと聞いた。だが真木の葉が茂り松の根が延びているのは時が長くたったからであろう。（墓は見えないけれど）手児名の話だけでも、名前だけでも、私は忘れられない〟の意味であろう。この長歌の二つの反歌はよく知られている。

われも見つ　人にも告げむ　「勝壮鹿」（葛飾）の　間々（真間）の手児名の　奥津城処《どころ》（四三二）

「勝壮鹿」（葛飾）の　真〻（間）の入江に　打ちなびく　玉藻刈りけむ　手児名し念《おも》ほゆ（四三三）

前の歌は明快でテンポがよく説明はいらないだろう。後の歌は、〝真間の入江で玉藻を刈ったという手児名がしたわしく思える〟の意味であろう。この歌にあるように手児名（奈）はごく普通の生活をしていた娘として詠まれている。

高橋連虫麻呂は『萬葉集』に三四首の歌をのこした人物である。巻第九の挽歌のうちに五首の歌をのせている。

鶏《とり》が鳴く　吾妻の国に　古昔《いにしえ》に　ありける事と　今までに　絶えず言い来る　勝壮鹿
（葛飾）の　真間の手児奈が　麻衣《あさきぬ》に　青衿《あおくびつ》着け　直《ひた》さ麻《お》を　裳《も》には織り着て　髪だ
にも　掻《か》きは梳《けず》らず　履《くつ》をだに　着《は》かず行けども　錦綾《にしきあや》の　中につつめる　斎《いつ》き児も
妹《いも》に如《し》かめや　望月《もちづき》の　満《た》れる面《おも》わに　花の如　笑みて立てれば　夏虫の　火に入る
が如　水門《みなと》入《いり》に　船こぐ如く　行きかぐれ　人のいう時　いくばくも　生《い》けらじ物を
何すとか　身をたな知りて　波の音の　騒ぐ湊《みなと》の　奥津城に　妹が臥《こや》せる　遠き代に
ありける事を　昨日しも　見けむが如も　念《おも》ほゆるかも（一八〇七）

僕の苦手の長歌ではあるが、テンポがよくすらすらと読める。この歌では手児奈が総《ふさ》の国の産物とおもえる麻衣を着てアクセントとして青衿をスカーフのように巻きつけ、裳（スカート）も純粋の麻織りを着ていた様子をまず詠んだ。身なりはきちんとしているのに髪はとかず履もはいていない。ところが錦や綾で着飾った斎き児（大切に育てた娘）も手児奈には及ばない。

この長歌の前半分は、虫麻呂が真間で聞いたことを歌にしたのか、それとも虫麻呂の創作かはわからない。でも麻織物の生産の盛んな総の土地で作られる衣服を堂々と詠みあげているところが面白い。

上半身に麻衣を着て腰から下に裳をはいた姿となると、たいへん気品のある女子を表したとして有名な群馬県伊勢崎市（元の佐波郡埴蓮村）の横塚古墳出土の女子の埴輪がある。虫麻呂の時代よりは一世紀ほど古いが、虫麻呂の長歌を読むうちに自然と頭に浮かんだ。

五　手児奈の墓と菟原処女の墓

長歌の後半の説明に入るまでに、真間という土地柄を一瞥しておこう。真間の南よりの低地に昔は潟（入江）があったのだろう。そこに古墳時代後期の鬼高《おにたか》遺跡がある。この遺跡出土の土器は鬼高式として型式を分けるさいの標準になっているが、海に臨んだ海村集落の跡とみてよかろう。

総武本線を北に越すあたりから台地にさしかかる。国府台《こうのだい》といわれるようにここに下総国の国府があり、台地の中央の東西に下総国の国分寺と国分尼寺跡が並んでいる。国分寺跡より少し南西の台地の端に、弘法寺《ぐほうじ》古墳（小型の前方後円墳）と真間山古墳（円墳）がある。大字真間はさらに低地に近づいたところで、至近の地が大字市川である。おそらくここで市《いち》が開かれていたのであろう。

先にあげた山部赤人の長歌（四三一）の一節に手児奈の墓を「奥槨《おくつき》」と書き、さらに反歌（四三二）では「奥津城処」と表現していた。ぼくは「奥槨」の用字から横穴式石室の一部が露呈している小規模な墓のように感じる。

ところで先ほどあげた巻第九の高橋連虫麻呂の「真間娘子《ままのおとめ》を詠む歌」二首は、その前後を田辺福麿の「葦屋処女」の墓を過ぐる時に作る歌（長歌二首と短歌四首、一八〇一〜一八〇六）と高橋連虫麻呂の作った「菟原処女《うなはらおとめ》の墓を見る歌」（長歌一首と短歌二首、一八〇九〜一八一一）の間に配列されている。菟原は摂津の郡名、葦屋は郷名だから、葛飾の真間に対応させると菟原の葦屋となる。

このことは『萬葉集』の編纂にさいして、摂津国の菟原（葦屋）処女の墓と葛飾の真間の手児奈の墓が、景観や主人公の運命に共通するところが多いとみられていて、以上述べたように同じ個所に歌を配列したとみられる。

菟原処女の墓については第六章「天平八年の遣新羅使関係の歌」でふれたように、海岸に築かれた三基の古墳（前方後方墳の処女塚古墳をはさんだ両側に西求女塚と東求女塚の二基の前方後円墳がある）がこの伝説に絡んだ古墳になっている。

そのことから考えると、高橋連虫麻呂は手児奈の古墳を小円墳ではなく、海を見下ろす台地端に築かれた弘法寺古墳と考えていたという見方もなりたつ。なお高橋連虫麻呂の長歌（一八〇七）の後半に、真間の手児奈の入水をおもわせると解釈されてきた一節がある。「いくばくも　生けらじ物を　何すとか　身をたな知りて」である。真間の手児奈も葦屋の処女も、悲しい最期をとげた主人公だった。

それにしても東歌冒頭の「上総国の歌」と「下総国の歌」がどちらもそれぞれの国府や国分寺の所在地に関する歌であることは、重要な意味をもつように思われる。

六　防人歌

巻第十四の東歌の終りに近く「未《くにを》勘《かんがえぬ》国防人歌五首」がある。まだどの国の歌とは決めかねるが東国の防人が詠んだものとしてまとめたのであろう。この五首の歌には、地名や特定の山や川はでていない。

「さきもり」は白村江《はくすきのえ》での大敗のあと、対馬・壱岐・筑紫の防衛のために置かれた。『日本書紀』では大化二年（六四六）に初めてあらわれ、天智天皇の三年（六六四）に「対馬嶋、壱岐嶋、筑紫国などに防《さきもり》と烽《とぶひ》を置く」と具体的に述べられていて、ここでは「防」の一字が使われている。東国の農民が兵士として派遣される制度で、平安時代になると次々に廃止されたから、主として飛鳥時代後期や奈良時代の出来事とみてよい。

ぼくが疑問に思うのは、どうして防人の二字が「さきもり」と発音されるのかという点である。「防人歌」については巻第二十に、兵部少輔《ひょうぶのしょう》をしていた大伴家持が集めた長歌一首と短歌八三首、計八四首がまとめられていて、こちらでは東国のどの国の誰が作ったかも記されているので、巻第二十の「防人歌」を検討しよう。

『萬葉集』では「防人歌」とするときには防人の二字を使うが、個々の歌では「佐吉母利」（四三三六）、「佐伎牟理」（四三六四）、「佐岐毛利」（四三八一）、「佐伎母里」（四三八二）などと表記している。このほか「埼守」（三八六六）も防人とみてよかろう。

このように「サキ」は「佐伎」と表記されるのが多いのにたいして「モリ」はさまざまの表記がある。「さき」は先や崎のこと、「先走り」や「先武者」の先と同じ意味であろう。

ここで思い当ることがある。三世紀の『魏志』倭人伝は、対馬、壱岐、末盧、奴、不弥の五国、つまり女王国を構成する北西九州の六カ国のうち伊都国を除く五カ国に官の副として「卑奴母離」が置かれていた。ヒナモリについてはまだ定説をみないが、八世紀の防人が「佐伎母里」などの四字で表記されることが多いことは注意してよい。「サキモリ」は辺境（サキ）や岬の守備隊とみられるけれども、三世紀の「ヒナモリ」以来の伝統がのこっていないかまずこのことをメモしておく。「卑奴母離」が置かれた五カ国のうち、対馬と壱岐はそれぞれで国（島）であり、末盧、奴、不弥は後の筑紫だから、ほぼ防人の置かれた土地と重複している（末盧はのちには肥前国の一部）。

巻第二十の「防人歌」には次のような題詞がある。「天平勝宝七歳乙未二月、相替りて筑紫に遣わさる諸国の防人らの歌」の一文である。天平勝宝七年は七五五年である。それに続く七首はすべて遠江国の防人の歌である。

まず第一に「長下郡《ながしものこおり》」の国造の丁《よほろ》だった物部秋持の歌（四三二一）がある。続いて麁玉《あらたまの》郡《こおり》の主帳《しゅちょう》の丁である若倭部身麻呂（四三二二）の歌、山名郡の丈部真麻呂の歌（四三二三）、同郡の丈部川相《かわい》の歌（四三二四）、佐野郡の丈部黒当《くろた》の歌（四三二五）、同郡の生玉部足国の歌（四三二六）、長下郡の物部古麻呂の歌（四三二七）である。

左註によればこれらの歌は「防人部領使《ことりづかい》遠江国の史生坂本朝臣人上が進《たてまつ》る歌の数は十八首なり。ただし拙劣なる歌十一首あるは取り載せず」とある。

部領使とは奈良時代に采女《うねめ》、俘囚《ふしゅう》、防人などの輸送をおこなった責任者である。国司が当ることもある。防人の部領使の任務は難波津までで、ここで兵部省の役人が受けとり、あとは船で筑紫へと運んだ。まだ分からないのは、家持に防人の歌を渡すまでに拙劣なる歌が省かれていたのか、それとも家持が選別したのだろうか。多分家持が選別したように感じる。

遠江国出身の防人がのこした七首の歌のうち、心にのこったものを二つあげる。

わが妻は　いたく恋いらし　飲む水に　影《かご》さえみえて　世に忘られず（四三二二）

わが妻も　絵に描《か》きとらむ　「伊豆麻《いつま》」（暇）もが　旅行く「阿礼」（吾）は　みつつしのはむ（四三二七）

いずれも妻を恋する夫（防人）の心情がよくあらわれている。

次の三首は左註によれば「相模国の防人部領使《ことりづかいのかみ》守藤原朝臣宿奈麻呂《すくなまろ》が進《たてまつ》れる歌八首。ただし拙劣なる歌五首は取り載せず」とある。いずれも海が詠まれていることが注目される。三首とも次に載せよう。

「於保吉美」（大王）の　命畏《みことかしこ》み　磯に触り　海原《うのはら》渡る　父母を置きて（四三二八）

右の一首、助丁丈部造人麻呂《すけのよほろはせつかべ》のなり。

八十国《やそくに》は　難波に集い　船飾り　吾《あ》がせむ日ろを　見も人もがも（四三二九）

右の一首、足下郡《あしがらしものこおり》の上丁《かみつよほろ》丹比部《たじひべ》国人のなり。

難波津《なにわつ》に装《よそ》い装《よそ》いて今日の日や　出でて罷《まか》らむ　見る母なしに（四三三〇）

右の一首、鎌倉郡の上丁《かみつよほろ》丸子連多麻呂《まろのこのむらじおおまろ》のなり。

後の二首には防人と難波津の関係がよくでている。東国の防人でも長い船旅をしなれた人は少なく、出航地の難波津は印象ぶかかったのだろう。先ほど述べたようにこの三首は部領使をしていた相模国の国司の藤原朝臣宿奈麻呂が進った歌である。藤原宇合《うまかい》の子で、兄の藤原広嗣《ひろつぐ》の乱にかかわり伊豆国に流されたこともあった。そのあとは出世コースを進み、大伴家持とは親密な関係があった。なお宿奈麻呂は『萬葉集』に歌はのこしていないが、妻の石川郎女《いらつめ》が離別のとき詠んだ歌一首がある（四四九一）。どうやら離別前の二人は平城京菅原里に暮らしていたことがあるようである。

以下、駿河、上総、常陸、下野、下総、信濃、上野、武蔵の順で合計七四首（うち一首は長歌）を作者名を記して記載している。このほか拙劣な故に省かれた歌が八二首ある。さらに「昔年《さきつとし》の防人歌」八首も掲載されている。これはどこの国に赴任したことがあるのかは分からないが、左註によれば、主典刑部少録正七位上の磐余伊美吉諸君《いわれのいみきもろきみ》が写して家持に贈ったものである。これを加えると巻第二十の「防人歌」は合計九二首となる。

八四首のうち、「下野国の防人部領使《ことりづかい》正六位上田口朝臣大戸《おおと》が進《たてまつ》れる歌」の筆頭が火長今奉部与曾《いままつりべのよそ》布《ふ》の次の歌である。

今日よりは　顧《かえり》みなくて　「意富伎美」（大王）の　醜《しこ》の御楯《みたて》と　出で立つわれは（四三七三）

表2　東国の防人の歌
（掲載された歌と省かれた歌）

	掲載数	省かれた歌	合計
遠江	7	11	18
相模	3	5	8
駿河	10	10	20
上総	13	6	19
常陸	10	7	17
下野	11	7	18
下総	11	11	22
信濃	3	9	12
上野	4	8	12
武蔵	12	8	20
計	84	82	166
昔年の防人歌	8		
総計	92		

太平洋戦争中によく耳にした歌ではあるが、歌としては秀歌だと思う。古代の大王と農民との不可思議な臣従関係は、戦後の歴史学では解く人はまだない。あえていえば火長《かちょう》は行軍や野営での単位である火《か》の統率者であるから、たんなる農民が兵士となるのとは意識が違ったということはあるだろう。防人が大王の醜の剣でなく御楯という自覚があったことは注意してよい。防人は辺境の防衛に当るのであって他国を

侵す者ではなかった。

もう一つの歌もよく知られている。駿河国の丈部稲麻呂の歌（四三四六）である。

父母《ちちはは》が　頭《かしら》かき撫《な》で　幸《さ》くあれて　いいし言葉《けとば》ぜ　忘れかねつる

もう一つは信濃の御坂（中世からは神坂峠）の神を詠んだ埴科《はにしな》郡の神人《かむと》部子《べのこ》忍男《おしお》の歌（四四〇二）も重要である。ここには祭祀遺跡がある。

ちはやぶる　神の「美佐賀」に　幣奉《ぬさまつ》り　斎《いわ》う命は　母父《おもちち》が為

防人歌の大半は防人その人が作ったものだが、上総国の十三の歌のうち筆頭にあるのは「国造の丁日下《くさか》部使主《べのおみ》三中《みなか》の父の歌」（四三四七）である。この歌はかなり出来はよいが省く。

これにたいして武蔵国の「防人歌」十二首のうち、六首は例えば「上丁那珂郡の檜前《ひのくま》舎人《とねり》石前《いわさき》が妻大伴部真足女」のように防人の妻が詠んでいる。つまり防人の妻の歌が採用され、夫の防人本人の歌は「拙劣」のため省かれたこともあるとみられる。どうして武蔵国にだけ妻の歌が目立つのか、次の項で検討したい。

七　武蔵国の防人と防人の妻の歌

武蔵国の防人とその妻の歌は十二首が記録されている。これは左註に「武蔵国の部領防人使の掾《じょう》、正六位上の安曇宿禰三国が進れる歌の数二十首。但し拙劣なる歌は取り載せず」とある。

夫婦そろって歌の記録されたのは四組。八首である。

イ　夫婦とも採用された例

白玉を　手に取り持《も》して　見るのすも　家なる妹を　また見てももや（四四一五）

主帳（郡司の四等官）の荏原《えばら》郡の物部歳徳《としとこ》の歌である。大意は〝真珠を手に取り持って見られるように、家にのこす妻をまた見ることができるだろうか〟である。

これにたいする妻の椋椅部刀自売《くらはしべのとじめ》の歌は秀作である。

草枕　旅行く「世奈」（夫）が　丸寝《まるね》せば　家《いわ》なるわれは　紐解かず寝む（四四一六）

どうやら古代でも庶民たちは夫と妻が同じ家で一緒に寝ることが普通だったらしく、独寝を丸寝といったようである。大意は〝旅行く夫が着物のまま寝るのだから家にいる自分も紐を解かず寝よう〟であろう。

草枕　旅の丸寝の　紐絶えば　吾《あ》が手と付けろ　これの針持《はるも》し（四四二〇）

妻の椋椅部弟女《くらはしべのおとめ》の作。大意は〝旅の丸寝をしているとき紐が切れたならこの針を使って自分で付けなさい〟。妻が夫に針をもたせることが分かる。この人の夫とみられるのは橘樹郡の上丁物部真根である。

家《いわ》ろには　葦火《あしぶ》焚《た》けども　住み好けを　「都久之」（筑紫）にいたりて　恋しけもはも（四四一九）

この夫婦は家では葦をもやして明りや暖をとっていたらしい。大意は〝家では葦火で暖をとっていた。筑紫ではそんな生活が恋しくなるだろうなあ〟であろう。二六五一にも難波人が家で葦火を焚く情景を詠まれている。

次は珍しく妻と夫の氏名《うじな》が同じ例である。

わが行《ゆ》きの　息衝《いきつ》くしかば　「安之我良」（足柄）の　峰はお雲を　見とと偲《しの》はね（四四二一）

都筑《つつき》郡の上丁服部於田《はとりべのうえだ》の歌である。大意は〝私の旅に嘆息するときは、足柄の峰の雲を見て私を偲んでほしい〟。これにたいして次の妻の歌は秀歌として注目された。

わが「世奈」（夫）を「都久之」（筑紫）へ遣《や》りて　愛《うつく》しみ　帯は解《と》かなな　あやにかも寝も（四四二二）

妻服部呰女《はとりべのあさめ》の歌である。

大意は〝自分の夫を筑紫へやってしまった。恋しくてたまらない。帯を解かずに寝ても心が乱れる〟。この歌は「昔年の防人歌」のなかにも採録されている（四四二八）。「昔年の防人歌」にされているが、家持の錯覚であろう。

「安之我良」（足柄）の　御坂《みさか》に立《た》して　袖振らば　家《いわ》なる妹は　清《さや》に見もかも（四四二三）

埼玉《さきたま》郡の上丁藤原部等母麻呂《ともまろ》の歌である。等母麻呂の妻の物部刀自売《とじめ》の作とみられるのが次の歌である。

色深く「世《せ》」（背）なが衣《ころも》は　染《そ》めましを　御坂《みさか》たばらば　ま清《さや》かに見む（四四二四）

夫の歌の大意は、〝足柄の御坂に立って袖を振ると家に残った妻ははっきりと見るだろう〟。この夫の歌をうけて妻は〝深い色に夫の衣は染めておきたいものだ。そうしたならば御坂を通るときはっきりと見えるだろう〟。この夫婦もどうやら足柄の御坂までは一緒に行ったように読める。

ロ　妻の歌だけが採用された例

四四一三は那珂郡の上丁檜前舎人石前《ひのくまのとねりいわさき》の妻の大伴部真足女《またりめ》の歌で、夫の歌がないのは拙劣とみられたのであろう。

四四一七は、豊島《としま》郡の上丁椋椅部荒虫《くらはしべのあらむし》の妻の宇遅部黒女《うじべのくろめ》の歌で、やはり夫の歌はない。この歌は馬の飼育法が知られるので歌も掲げる。

赤駒《あかごま》を　山野《やまの》に放《はが》し　捕《と》りかにて　多摩の横山　徒歩《かし》ゆか遣らむ

大意は〝放し飼いにしていた赤駒を捕えることができず、夫は多摩の横山を歩いて行かねばならない〟これからみると足柄の御坂までを騎馬で行くことがあったのであろう。

ハ　夫の歌だけが採用された例

四四一四の秩父郡の助丁《すけのよほろ》大伴少歳《おとし》の歌と四四一八の荏原郡の上丁物部広足の歌がある。このことからみると、夫と妻のどちらか一方が採用されなかった家族は四組あったことになり、夫婦の歌とともに採用された四組とあわせ、少なくとも八組の夫婦が「防人歌」を作ったことになる。安曇宿禰三国の進ったのが二十首だから、夫婦ともに拙劣とみなされたのが、二組の夫婦の四首あったのだろう。

八　萬葉時代の東人は文字が読めたか

東歌全体を通して、古代の方言の研究はぼくの手には負えない。それにしても東国の一帯にわたって、これだけの農民が和歌を作ったこと、しかもその多くが今日まで伝えられたことは奇跡である。

もう三〇年ほど前のことだが、当時同志社大学の文学部に『萬葉集』の研究で知られた土橋寛《つちはしゆたか》氏がおられた。

土橋さんは知的好奇心が強くよく雑談を交す仲だったが、韓国の古代遺跡を尋ねる研究旅行に〝ぼくも加えてほしい〟ということになった。歩くことの多い旅行だったが、ぼくより年上の土橋さんは全行程をご一緒された。

この旅の会話だったとおもうが、以下の話が交わされた。〝『萬葉集』には東歌などの農民たちの歌がたくさんのっている。これだけ歌を詠めたということは基本的な文字をすでに知っていたと考えられるが、どうでしょう〟。

これにたいして土橋さんは〝そのようなことは国文学の領域で考えようとはしない。多分文字は知らなかったでしょう〟。

ぼくは拍子抜けした。だがそれからしばらくすると土橋さんが近づいてこられ、〝やはり君がいうように基本的な文字は知っていたのではないかと思いだしました〟。土橋さんはにこにこしながらそういってくれた。

今日でもまだ奈良時代を「無文字社会」といい切っている官僚学者がいる。こういう人は一度でも真剣に『萬葉集』や関東の遺跡から多く出土する墨書土器に注目したことがあるのだろうか。

東歌を出した国のうち、相模、武蔵、上総、下総、常陸、上野、下野、駿河、遠江、信濃では、中男《ちゅうなん》（十七歳から二十歳までの男）作物《さくもつ》として紙を貢いでいる。つまりこれらの国々では紙の生産が普及していた。これは文字文化を支える一つであろう。

古代の東国農民の識字率の研究はこれからの課題となる。すでに述べた上野三碑の銘文や下野の那須国造碑（永昌元年、唐の則天武后の元号、六八九年に当る）の問題なども無文字社会とする前提では何も解けないだろう。なお那須国造碑の問題点は以前述べたことがある（『関東学をひらく』「大宝律令と下毛野朝臣古麻呂」の項）。同じ本で「防人の妻の歌」についても問題提起をした。

すでにふれたことだが、武蔵国の農民は夫が防人に徴発されるとき、妻も足柄山の御坂まで同道できるような慣習があった節がある。このことが防人歌のなかでも武蔵の人の歌に妻も防人歌をのこしている原因とみている。

武蔵国は国分寺の規模が大きく塔も七重塔を造営していた。この寺の造営のさい用いられた瓦として、新羅郡をのぞく二〇の郡の郡名を押した瓦が出土している。豊は豊島郡、荏は荏原郡、足は足立郡、父は秩父郡、玉は多麻郡のそれぞれ略である。国分寺の造営にさいして各郡が協力したらしく、関東の国分寺でも特異である（上野国の国分寺は、西毛の数郡だけが協力した様子はある）。

このように武蔵国では各郡の力が強かったので、防人の赴任にさいして妻が相模との国境まで同道できる権利をえていたのであろうか。『萬葉集』は地域学にとっても好個の材料である。ぼくも機会があればより深めてみよう。

第九章　頭と足を休める篇

一　聖武天皇の明光浦行幸

奈良時代盛期の聖武天皇は『萬葉集』に七首の歌をのこしている。長歌一首と短歌六首である。秀歌とよべるほどの歌はないようだが、和歌作りには熱心な人だったようである。聖武天皇は即位した直後の神亀元年（七二四）の十月に、紀伊国海部《あまべ》郡の玉津嶋（以下は島とする）頓宮《とんぐう》に行って十日あまり滞在している。ここには中世以降に和歌の神とみられるようになる玉津島神社がある。

鎌倉時代の歌壇の重鎮だった藤原俊成が京都にあった邸の隣に新玉津島神社を勧請したことは『京都の歴史を足元からさぐる』の「北野・紫野・洛中の巻」で述べたことがある。紀伊の玉津島には後世に和歌浦の名で親しまれるようになる風光明媚な海岸地形がひろがっている。

この旅には山部宿禰赤人もお伴した。このことは『続日本紀』の聖武天皇の紀伊行幸の記事にはでていないが、『萬葉集』には九一七から九一九の赤人の歌の題詞や左註に記されている。

題詞には「神亀元年甲子冬十月五日、紀伊国に幸せし時、山部宿禰赤人の作る歌一首、短歌を并せたり」とある。

左註には「右のものは年月を記さず。ただし玉津島に従駕《おおみとも》すといえり。これによりて今行幸の年月を検注して以って載す」とある。この一文によって題詞は『続日本紀』の記事(あるいは原史料)によって補われたことが分かる。

ぼくの推測もまじるが、聖武天皇は即位後の重要な行事として玉津島で風景を見ながら和歌を作ろうとしたのであろう。

もちろん和歌作りが主たる目的ではなく、この地で神祭りをすることが主目的だったのであろう。お伴の多くの人も和歌をのこしたとおもう。だが赤人の和歌がずば抜けた作で、とくに後で述べる九一九は『萬葉集』全体でも飛びきりの秀歌とぼくはみる。そのために聖武天皇やそのほかの人の作品は一つものこらない結果となったのであろう。

第八章の東歌《あずまうた》の項で述べたことを参考にすると「拙劣」の故に省かれたとみられる歌が沢山あった。和歌作りはきびしい世界だったのである。

赤人が玉津島で作った長歌を引用しよう。

やすみしし　わご「大王」の　常宮《とこみや》と　仕えまつれる　「左日鹿野《さひかの》」（雑賀野）ゆ　背向《そがひ》に見ゆる　「奥嶋」（沖つ島）　清き渚《なぎさ》に　風吹けば　白波騒き　潮干《ふ》れば　玉藻刈りつつ　神代より　然《しか》そ尊き　玉津島山（九一七）

『続日本紀』によると、紀伊行幸では十月十六日に次のような詔を出した。

「山に登って海を望むに、この間最も好し。遠行を労せずして以って遊覧するに足れり。故に弱浜《わかのはま》の名を改めて明光浦《あかのうら》となし、宜しく守戸を置きて荒穢《こうわい》せしむることなかるべし。春秋の二時に官人を差遣して、玉津島の神・明光浦の霊を奠祭《てんさい》せしむ」

この詔の出される前日か前々日に聖武天皇はお伴をつれて山に登って弱浜の風景を愛でたのであろう。このときの山部宿禰赤人が聖武天皇の心情を察しながら作ったのが九一七の長歌と、後で引く二つの短歌であろう。

歌の冒頭に「わが大王の常宮」とあるのは、行幸して四日めに「離宮を岡の東に造る」とある記事に対応するものであろう。その離宮造りは「造離宮司」を任命しての行事だった。

左日鹿野は中世以降の雑賀《さいが》のことで、海部郡では有力な漁人集団がいた。戦国時代には鉄砲を早くから採用した雑賀衆が名高い。

西に向かって流れてきた紀の川は、今日の河口は西流してきた延長線上にひらいている。地図でみてもこの河口は南北に延びる砂丘を横断している。ある時（古代末か）の大洪水で砂丘をやぶって新しい河口をひらいたとみられる。

つまり古代の紀の川は現在の河口から東へ四キロほどのところで流路を南へとり、和歌浦のすぐ東に河口をもっていた。その旧河道の名残が和歌川で東の名草郡と西の海部郡の境だったとみられていて、紀の川の河口は大きな潟の地形を呈していたとみられる（仮称玉津島潟）。

有名な紀（伊）水門《みなと》（港）は、紀の川の流路が西から南へと変わる地点の右（北）岸にあったとみられる。考古学でいう楠見遺跡や鳴滝遺跡は紀水門に関係するものだろう。河口の潟は船を長期間とめておく場所ではなかったらしい。

このように旧地形を復原すると、玉津島神社は旧紀の川河岸の右岸にあり、潟でいえばその北西岸にあったことになる。

赤人が「神代より　然ぞ尊き　玉津島山」と述べ、聖武天皇が春秋の二回に宮人を派遣して「玉津島の神・明光浦の霊を奠祭せしめた」社は、まさに大河としての紀の川の河口の大きな潟のほとりに鎮座していたのである。

『続日本紀』が「玉津島の神・明光浦の霊」と併記しているところに本来の玉津島の神（女神らしい）の性格がうかがえるようである。つまり和歌の神となるのは鎌倉時代以降のことで、本来は河口・潟・海岸などの守護神であり、旧淀川出口にあった坐摩神社に似ている。

なお赤人の長歌で玉津島の山から見えた奥嶋とは、和歌浦の南にある下津の沖に浮ぶ沖ノ島のことだろう。下津の沖には地島があり、さらに遠く沖ノ島がある。四〇年ほど前、この島の学術調査に参加したとき、海岸に露呈していた弥生時代の墓地の図を作るのが大変で、ぼく一人がこの島に野宿したことがある。なお沖ノ島は『日本霊異記』中巻にでている「海部郡椒抄《はじかみ》奥嶋」であろう。

赤人の反歌を引こう。

「奥嶋」（沖ノ島）荒磯《ありそ》の玉藻　潮干満ちて　隠ろいゆかば　思ほえむかも（九一八）

これは沖ノ島の潟ではなく、仮称玉津島潟に潮が満ちてきたので沖ノ島が見えなくなったことを描いたのであろう。次はぼくの大好きな歌である。

若浦《わかのうら》に「塩」（潮）満ちくれば　潟（潟）を無み　葦辺《あしべ》をさして　鶴《たず》鳴き渡る（九一

九）

この歌で初めて若浦の地名が使われた。赤人が用いたということもあって、やがて和歌浦が使われ今日に至っている。

この歌は見事に仮称玉津島潟の情景を歌っている。この「潟（潟）を無み」の表現が片男波の地名となったのだろう。元の意味からすっかり変わってしまっている。

聖武天皇は一〇日余りも玉津島に滞在したけれども、おもったほどの歌はできなかったのであろう。赤人はこの後も吉野行幸、印南野行幸などで聖武天皇のお伴をしている。いつの歌だろうか、次の歌も傑作として知られている。

田児の浦ゆ　打出でて見れば　真白《ましろ》にそ　「不盡《ふじ》」の高嶺に　雪は降りける（三一八）

桓武天皇も延暦二十三年（八〇四）十月に紀伊国玉出嶋に行っている。船に乗って遊覧したとあるから玉津島のことであろう（『日本後紀』）。このときも歌を作ったと思うが記録はされていない。

以上、歌を詠んだのに拙劣のために捨てられたのは庶民だけでなかったことを述べこの項は終る。

二　高麗人が詠んだ倭人の歌

古代の日本列島には朝鮮半島や中国からの渡来人がたいへん多かった。一昔前は帰化人とよんだが、最近は渡来人とよばれている。渡来人および渡来系の人たちの数は正確にはわからないが、住民の約一～二割がそうだったと思える。

渡来人は日本列島に定住することが普通で、三代か四代まではそれぞれ高麗人《こまびと》や百済人として暮らし、四代か五代の子孫になると日本の言葉や習慣にもなじみ、氏名《うじな》を日本風に変更して日本人化した。

そういう意味では秦《しん》の王の子孫としての伝承を氏名に表現しつづけた秦氏《はた》は例外である。なお一つの氏としての規模では秦氏は物部氏に次ぐほどの大きさであった。

平安時代の中ごろには、社会全体で渡来人の子孫という意識が薄らぎ、日本人に同化してしまう傾向が強い。国風化は文学の世界だけにあらわれたのではなかった。

このように整理すると、『萬葉集』の時代にはまだ渡来人として区別されており、そのような人びとが日本人を何とよんでいたのかは興味深い。

ぼくは「倭人」とよんでいたとみている。余談になるが近世のアイヌ人が日本人のことを「ワジン」とよんでいて、普通は「和人」の字を当てる。だがアイヌ人は文字を使った形跡がとぼしいので、発音としての「ワジン」であり、それに漢字を当てると倭人ではなかったかとぼくは考えている。

『萬葉集』にも「倭人」を詠んだとみられる歌を高麗（高句麗）人の消奈行文《せなのゆきふみ》が作っている。消奈は背奈とも表記し、行文は消奈王ともよばれた（『懐風藻』）。学問にすぐれ、武蔵国高麗郡の人だが、京にきて長屋王邸で新羅人と宴をひらくときに招かれ、漢詩を『懐風藻』にのこしている。宴は「うたげ」といって、和歌や漢詩を作りあう酒席のことであろう。

高麗朝臣、のちには日本風の氏名をつけて高倉朝臣といった背奈公福信の伯父が行文で、若年のとき行文の上京にさいして福信が行動をともにしたことがある（『続日本紀』延暦八年十月の「高倉朝臣福信の薨伝」）。行文は和歌よりも漢詩のほうが得意だったとみられるが、行文よりも年下の福信は和歌作りをよくし、『萬葉集』に三首をのこしている。

このように行文は渡来人のなかでもなかなかの名族であった。それでも普通の日本人（倭人）との付合では意思の疎通を欠くことがあったのであろう。なお行文は武蔵国の人だから、東国人が都（奈良）へ来たときの意思の疎通の欠如も加わって以下の歌となったのであろう。題詞には「謗佞人歌一首」（佞人をそしる歌一首）とある。

奈良山の　児手柏《このてがしわ》の　両面《ふたおもて》に　かにもかくにも　俀人の友（三八三六）

左註には「右歌一首博士消奈行文大夫作之」とある。行文は養老五年（七二一）正月に、優秀な学者として天皇から禄を与えられていて、そこには「第二の博士正七位上背奈公行文」として記されている（『続日本紀』）。

歌の大意は、〝奈良山の児手柏の（葉の）両面に違いがあるように、何かにつけて俀人の友は理解しにくい〟であろう。なお児手柏にはマツ科説とブナ科説がある。歌の冒頭の奈良山を枕詞と解釈するとブナ科の楢のことかとおもう。

通説ではこの俀人を佞人とみて「ねじけびと」とか「こびびと」とよませ、性格の悪さで捉えている。だが肝心の俀人の検討が不充分で、ぼくは倭人とよめないかとみる。

普通われわれが目にしている「倭人」はあくまで近世や近代の活字本での活字体の字である。実は二〜三世紀、あるいはその前後の時代に墨書などで書かれた倭の字形の把握はなかなかむずかしいのである。

『萬葉集』の活字本では、例えば「日本古典文学大系」本では「佞人」の活字にして「ねぢけひと」の発音を当てている。井手至氏らの『新校注萬葉集』でも「佞人」の活字にして「かだひと」のルビをつけている。

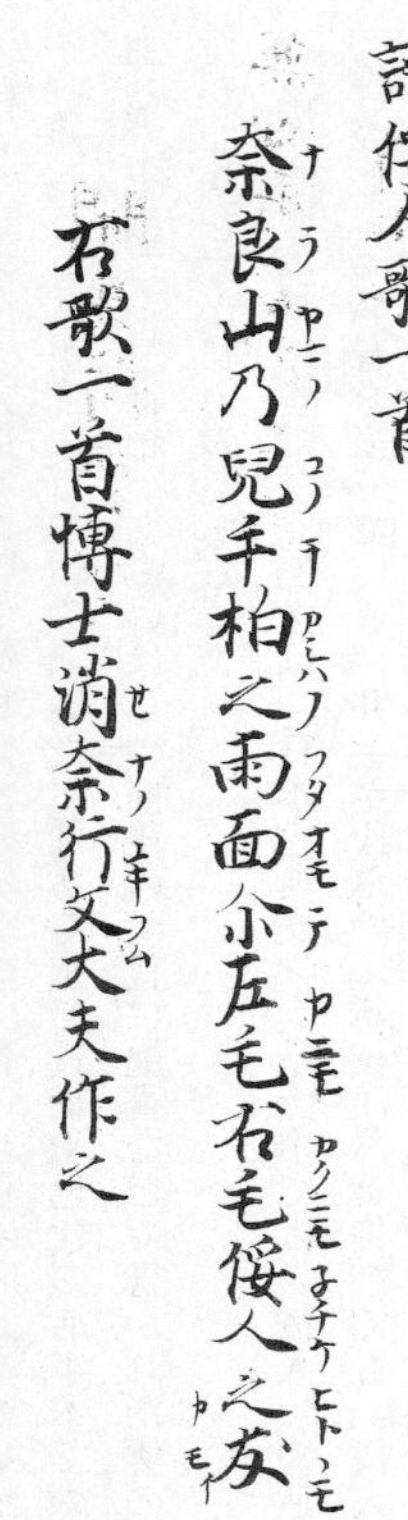
誇佞人歌一首
奈良山乃《ナラヤマノ》兒手柏之《コノテカシハノ》両面尓《フタオモテニ》左毛右毛《カニモカクニモ》佞人之友《ネヂケヒトノトモ》
右歌一首博士消奈行文《セナノキフム》大夫作之

「西本願寺本萬葉集」の
消奈行文の歌

だが鎌倉時代に書写され、後奈良天皇から西本願寺に下賜された「西本願寺本萬葉集」で問題の歌を見ると、題詞も和歌もともに「佞人」になっている。実はこの字体でぼくには想い出すことがある。

中国の正史の一つとしての『隋書』は唐代初期の七世紀後半に編述された。『隋書』東夷伝には、百済の項と倭国の項の二カ所に「倭」の字が使われている。中華書局から刊行された『隋書』の活字は「倭」の字を使っている。しかし倭国の項に付した「校勘記」によると、宋代から明代までの原本では「倭」ではなく「佞」の字を使っていると註記しており、「佞」を「倭」の別体としている。別体は異体ともいい、古文書を読むとしばしば遭遇する。

このことから『萬葉集』の消奈行文の歌（三八三六）の佞人は倭人のこととみるべきで、多くの本で訓んでいる「佞」は想像が生みだした誤解とみるべきであろう。編述されたころの『隋書』に用いている「俀」の字がわかれば良いのだが、それは無いものねだりになる。

俀は倭の別（異）体とみられる、二世紀末ごろの磚《せん》（日本では塼の字を使う）に刻まれた文字があって、倭人字磚《わじんじせん》とよばれている。

倭人字磚は一九七四年に中国の安徽省亳県《はくけん》の南郊の元宝坑村にある曹氏一族の古墳群の一号墓から発掘された。亳県は魏の建国者である曹操の先祖の地で、この古墳群は歴代の曹氏の墓とみられている。

元宝坑村一号墓からは一六四点の字磚が出土していて、亳県博物館の李燦氏が解読し「文物資料叢刊」などに発表された。いずれも二世紀末ごろの人びとの生の声を記録した資料である。

一号墓の被葬者が生前に会稽郡の太守をしていたことを示す磚も出土している。会稽と倭人の関係の深いことは周知のことであり、ぼくも何度か論じたことがある。

問題の字磚は「有倭人以時盟不」の七字を刻んでいる。二字めの倭の個所には磚に割れ目があって、どの線が本来の刻んだ線かなど写真や拓本だけでは判読しにくかった。そこでぼくは李氏に手紙をだし字の部分だけを示す図を送ってもらった。その結果、倭の別体としての表記であると判定した。

学者のなかには二世紀末に倭人が中国へ行った記事が『後漢書』にないことを理由に、倭の字を他の字（例えば壁とか佞）に当てようとした人もいるが、李氏やぼくは二字めは倭とするのが妥当であるとみることで一致し、李氏にも雑誌『歴史と人物』一五一号に「倭人字磚――古代日本と中国の交流」を発表してもらった。ぼくも研究の経過を中心にして「曹氏墓出土の倭人字磚と二、三の問題」を同志社大学の『文化学年報』三十三輯に発表し、この問題に一応のくぎりをつけた。

要するに二世紀末といえば後漢の衰退期で、曹氏が次第に力を発揮しだす直前であり、倭国の乱がおこったころである。その乱のなかから卑弥呼が共立されるのである。魏が建国されて間もなく倭の女王卑弥呼が魏に朝貢したことはよく知られている。つまり魏建国の前史を物語るのが倭人字磚である。

なお倭人字磚の七字は、文末に不の字をつける当時の会話体であることもぼくは明らかにした。会話体としてこの句に接すれば「倭人が時を以って盟することが有るか」ということである。

この研究の進展の過程で、原物を日本にもってきて各地で展示をしてもらったし、その

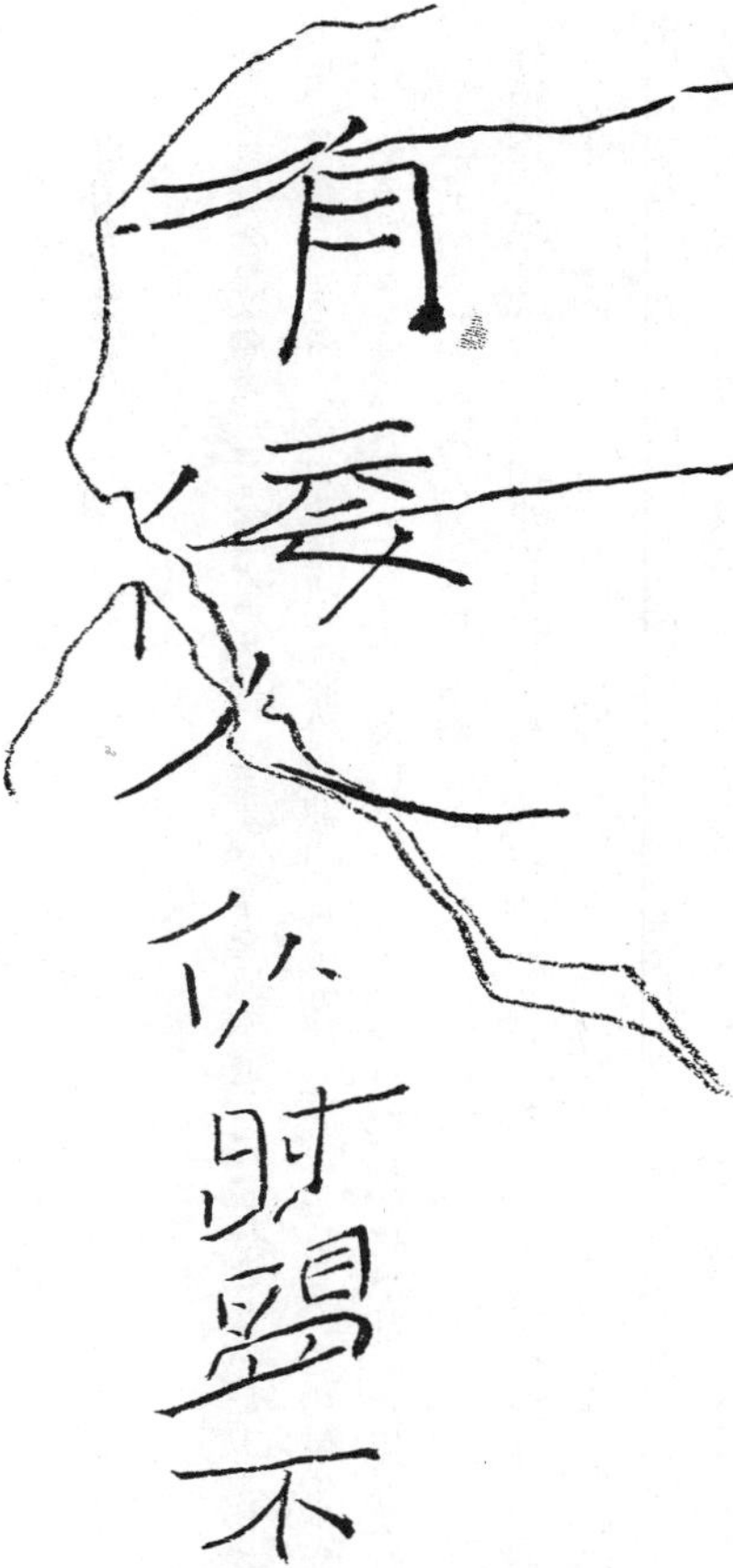

亳県元宝坑村１号墓出土の倭人字磚の刻銘

さい李氏をお招きして講演もしていただいた。ここに掲げる図はそのさい李氏に書いてもらったものである。李氏はそれから数年して他界された。

三　東国人と都人

消（背）奈行文の歌（三八三六）では、まず文字を原本通りに読むことのむずかしさについて述べた。もう一つは東国人と都人の常識というか考え方の違いも、この歌の解釈に必要であることを言った。この意識の違いについては鎌倉時代末に卜部《うらべ》（吉田）兼好が『徒然草』の第一四一段のなかで鋭く指摘している。

悲田院尭蓮上人は元は関東の相模の武者三浦氏であった。都での生活をつづけても都人との意識の違いに困ったらしい。〝故郷の人の来りて物語すとて、吾妻人こそ言いつる事は頼まるれ、都の人は、ことうけのみよくて、実なし〟とこぼした。上人はこのことに賛成して、その違いの原因の一つを東国の豊かさに求めている。

この鎌倉時代での吾妻（東国）人と都人の意識の差は、奈良時代の消奈行文の歌にもうかがえるとぼくはみる。行文は高麗系の渡来人であるといっても、関東の武蔵の高麗郡の人でもある。三八三六の歌は行文が都（平城京）へ来たときの作であろう。

楢の葉が表と裏で違いがあるように、倭人の友との付合ではそのことをよく知っておく必要がある。これがぼくの読んだこの歌の意味である。

以上、『萬葉集』からぼくなりに歴史を読みといてみた。一カ所でもご参考になれば望外の幸である。

あとがき

『萬葉集』をぼくなりに読むさい、原文引用のほかは思い切って現代仮名遣いにした。旧仮名遣いになじまない若者が読んでくれることを意識したからである。なお書き終った原稿を畏友の駒木敏さん（同志社大学教授）に目を通してもらい、多くの示唆をうけた。ただし歌の読み下し文の仮名遣いはぼく流に統一した。

校正が終った。間もなく新年を迎える。ふと『萬葉集』の最後の歌をおもいだした。天平宝字三年（七五九）に大伴家持が因幡の国庁での新年の宴で作った歌である。

新しき　年の始の　初春の　今日降る雪の　いや重《し》け吉事《よごと》（四五一六）

二〇一〇年十二月九日

森　浩一

追記

「あとがき」を書いた日の深夜にふと頭に浮かんだ。

上州の　達磨の片目　墨いれむ　萬葉集に　歴史読めた日

上州の達磨の片目
墨いれむ
萬葉集に歴史
讀めた日

ぼくがボールペンで書くと、妻の淑子がすぐ筆で書いてくれた。ここで上州とは群馬県の高崎市のことである。

本書はちくま学芸文庫のために新たに書き下ろされた。

ちくま学芸文庫

萬葉集《まんようしゆう》に歴史《れきし》を読《よ》む

二〇一一年二月十日　第一刷発行
二〇一八年十一月十日　第四刷発行

著　者　森　浩一（もり・こういち）

発行者　喜入冬子
発行所　株式会社　筑摩書房
東京都台東区蔵前二―五―三　〒一一一―八七五五
電話番号　〇三―五六八七―二六〇一（代表）
装幀者　安野光雅
印刷所　明和印刷株式会社
製本所　株式会社積信堂

ISBN978-4-480-09353-0 C0121